GEORGES PEREC

Georges Perec est né à Paris le 7 mars 1936 de parents juifs polonais. Son enfance, marquée par la mort de son père à la guerre de 1940 et de sa mère, déportée, se déroule au sein de sa famille paternelle. Il abandonne ses études de lettres et de psychologie en 1954 pour une carrière littéraire qui débute véritablement dix ans plus tard avec la publication des *Choses* et de *Quel petit vélo à guidon chromé au fond de la cour ?*, en 1966. Il rejoint l'OuLiPo, l'atelier d'écriture expérimentale de Raymond Queneau et publie, en 1967, *Un homme qui dort*, puis, en 1969, *La disparition*, son célèbre roman écrit sans la lettre e. Auteur de textes empreints de sociologie et de psychanalyse, comme *La boutique obscure* et *Espèces d'espaces*, Georges Perec tentera également d'élaborer une grande œuvre autobiographique qu'il ne terminera jamais, mais que l'on retrouve dans *W ou le souvenir d'enfance* et *Je me souviens*, un texte où, avec le roman majeur qu'est *La vie mode d'emploi*, prix Médicis 1978, cet écrivain passionné du quotidien cherche à dresser l'inventaire du monde réel.

Georges Perec est mort à Ivry en 1982.

LES CHOSES

GEORGES PEREC

LES CHOSES

une histoire des années soixante

JULLIARD

© René Julliard, 1965.

ISBN 2-266-02579-1

A Denis Buffard

Incalculable are the benefits civilization has brought us, incommensurable the productive power of all classes of riches originated by the inventions and discoveries of science. Inconceivable the marvellous creations of the human sex in order to make men more happy, more free, and more perfect. Without parallel the crystalline and fecund fountains of the new life which still remains closed to the thirsty lips of the people who follow in their griping and bestial tasks.

Malcolm LOWRY.

PREMIÈRE PARTIE

1

L'œil, d'abord, glisserait sur la moquette grise d'un long corridor, haut et étroit. Les murs seraient des placards de bois clair, dont les ferrures de cuivre luiraient. Trois gravures, représentant l'une Thunderbird, vainqueur à Epsom, l'autre un navire à aubes, le *Ville-de-Montereau*, la troisième une locomotive de Stephenson, mèneraient à une tenture de cuir, retenue par de gros anneaux de bois noir veiné, et qu'un simple geste suffirait à faire glisser. La moquette, alors, laisserait place à un parquet presque jaune, que trois tapis aux couleurs éteintes recouvriraient partiellement.

Ce serait une salle de séjour, longue de sept mètres environ, large de trois. A gauche, dans une sorte d'alcôve, un gros divan de cuir noir fatigué serait flanqué de deux bibliothèques en merisier pâle où des livres s'entasseraient pêle-mêle. Au-dessus du divan, un portulan occuperait toute la longueur du panneau. Au-delà d'une petite table basse, sous un tapis de prière en soie, accroché au mur par trois clous de cuivre à grosses têtes, et qui ferait pendant à la tenture de cuir, un autre divan, perpendiculaire au premier, recouvert de velours brun clair, conduirait à un petit meuble haut sur pieds, laqué de rouge sombre, garni de trois étagères qui supporteraient des bibelots : des agates et des œufs de pierre, des boîtes à priser, des bonbonnières, des cendriers de jade, une coquille de nacre, une montre de gousset en argent, un verre taillé, une pyramide de cristal, une miniature dans un cadre ovale. Puis loin, après une porte capitonnée, des rayonnages superposés, faisant le coin, contiendraient des coffrets et des disques, à côté d'un électrophone fermé dont on n'apercevrait que quatre boutons d'acier guilloché, et que surmonterait une gravure représentant le *Grand Défilé de la fête du Carrousel*. De la fenêtre, garnie de rideaux blancs et bruns imitant la toile de Jouy, on découvrirait quelques arbres, un parc minuscule, un bout de rue. Un secrétaire à rideau encombré de papiers, de plumiers, s'accompagnerait d'un petit fauteuil canné. Une athénienne supporterait un téléphone, un agenda de cuir, un bloc-notes. Puis, au-delà d'une autre porte, après une bibliothèque pivotante, basse et carrée, surmontée d'un grand vase cylindrique à décor bleu, rempli de roses jaunes, et que surplomberait une glace oblongue sertie dans un cadre d'acajou, une table étroite, garnie de deux banquettes tendues d'écossais, ramènerait à la tenture de cuir.

Tout serait brun, ocre, fauve, jaune : un univers de couleurs un peu passées, aux tons soigneusement, presque précieusement dosés, au milieu desquelles surprendraient quelques taches plus claires, l'orange presque criard d'un coussin, quelques volumes bariolés perdus dans les reliures. En plein jour, la lumière, entrant à flots, rendrait cette pièce un peu triste, malgré les roses. Ce serait une pièce du soir. Alors, l'hiver, rideaux tirés, avec quelques points de lumière – le coin des bibliothèques, la discothèque, le secrétaire, la table basse entre les deux canapés, les vagues reflets dans le miroir – et les grandes zones d'ombres où brilleraient toutes les choses, le bois poli, la soie lourde et riche, le cristal taillé, le cuir assoupli, elle serait havre de paix, terre de bonheur.

La première porte ouvrirait sur une chambre, au plancher recouvert d'une moquette claire. Un grand lit anglais en occuperait tout le fond. A droite, de chaque côté de la fenêtre, deux étagères étroites et hautes contiendraient quelques livres inlassablement repris, des albums, des jeux de cartes, des pots, des colliers, des pacotilles. A gauche, une vieille armoire de chêne et deux valets de bois et de cuivre feraient face à un petit fauteuil crapaud tendu d'une soie grise finement rayée et à une coiffeuse. Une porte entrouverte, donnant sur une salle de bains, découvrirait d'épais peignoirs de bain, des robinets de cuivre en col de cygne, un grand miroir orientable, une paire de rasoirs anglais et leur fourreau de cuir vert, des flacons, des brosses à manche de corne, des éponges. Les murs de la chambre seraient tendus d'indienne; le lit serait recouvert d'un plaid écossais. Une table de chevet, ceinturée sur trois faces d'une galerie de cuivre ajourée, supporterait un chandelier d'argent surmonté d'un abat-jour de soie gris très pâle, une pendulette quadrangulaire, une rose dans un verre à pied et, sur sa tablette inférieure, des journaux pliés, quelques revues. Plus loin, au pied du lit, il y aurait un gros pouf de cuir naturel. Aux fenêtres, les rideaux de voile glisseraient sur des tringles de cuivre; les doubles rideaux, gris, en lainage épais, seraient à moitié tirés. Dans la pénombre, la pièce serait encore claire. Au mur, au-dessus du lit préparé pour la nuit, entre deux petites lampes alsaciennes, l'étonnante photographie, noire et blanche, étroite et longue, d'un oiseau en plein ciel, surprendrait par sa perfection un peu formelle.

La seconde porte découvrirait un bureau. Les murs, de haut en bas, seraient tapissés de livres et de revues, avec, çà et là, pour rompre la succession des reliures et des brochages, quelques gravures, des dessins, des photographies – le *Saint Jérôme* d'Antonello de Messine, un détail du *Triomphe de saint Georges*, une prison du Piranese, un portrait de Ingres, un petit paysage à la plume de Klee, une photographie bistrée de Renan dans son cabinet de travail au Collège de France, un grand magasin de Steinberg, le Mélanchthon de Cranach – fixés sur des panneaux de bois encastrés dans les étagères. Un peu à gauche de la fenêtre et légèrement en biais, une longue table lorraine serait couverte d'un grand buvard rouge. Des sébilles de bois, de longs plumiers, des pots de toutes sortes contiendraient des crayons, des trombones, des agrafes, des cavaliers. Une brique de verre servirait de cendrier. Une boîte ronde, en cuir noir, décorée d'arabesques à l'or fin, serait remplie de cigarettes. La lumière viendrait d'une vieille lampe de bureau, malaisément orientable, garnie d'un abat-jour d'opaline verte en forme de visière. De chaque côté de la table, se faisant presque face, il y aurait deux fauteuils de bois et de cuir, à hauts dossiers. Plus à gauche encore, le long du mur, une table étroite déborderait de livres. Un fauteuil-club de cuir vert bouteille mènerait à des classeurs métalliques gris, à des fichiers de bois clair. Une troisième table, plus petite encore, supporterait une lampe suédoise et une machine à écrire recouverte d'une housse de toile cirée. Tout au fond, il y aurait un lit étroit, tendu de velours outremer, garni de coussins de toutes couleurs. Un trépied de bois peint, presque au centre de la pièce, porterait une mappemonde de maillechort et de carton bouilli, naïvement illustrée, faussement ancienne. Derrière le bureau, à demi masqué par le rideau rouge de la fenêtre, un escabeau de bois ciré pourrait glisser le long d'une rampe de cuivre qui ferait le tour de la pièce.

La vie, là, serait facile, serait simple. Toutes les obligations, tous les problèmes qu'implique la vie matérielle trouveraient une solution naturelle. Une femme de ménage serait là chaque matin. On viendrait livrer, chaque quinzaine, le vin, l'huile, le sucre. Il y aurait une cuisine vaste et claire, avec des carreaux bleus armoriés, trois assiettes de faïence décorées d'arabesques jaunes, à reflets métalliques, des placards partout, une belle table de bois blanc

14

au centre, des tabourets, des bancs. Il serait agréable de venir s'y asseoir, chaque matin, après une douche, à peine habillé. Il y aurait sur la table un gros beurrier de grès, des pots de marmelade, du miel, des toasts, des pamplemousses coupés en deux. Il serait tôt. Ce serait le début d'une longue journée de mai.

Ils décachetteraient leur courrier, ils ouvriraient les journaux. Ils allumeraient une première cigarette. Ils sortiraient. Leur travail ne les retiendrait que quelques heures, le matin. Ils se retrouveraient pour déjeuner, d'un sandwich ou d'une grillade, selon leur humeur; ils prendraient un café à une terrasse, puis rentreraient chez eux, à pied, lentement.

Leur appartement serait rarement en ordre mais son désordre même serait son plus grand charme. Ils s'en occuperaient à peine : ils y vivraient. Le confort ambiant leur semblerait un fait acquis, une donnée initiale, un état de leur nature. Leur vigilance serait ailleurs : dans le livre qu'ils ouvriraient, dans le texte qu'ils écriraient, dans le disque qu'ils écouteraient, dans leur dialogue chaque jour renoué. Ils travailleraient longtemps. Puis ils dîneraient ou sortiraient dîner; ils retrouveraient leurs amis; ils se promèneraient ensemble.

Il leur semblerait parfois qu'une vie entière pourrait harmonieusement s'écouler entre ces murs couverts de livres, entre ces objets si parfaitement domestiqués qu'ils auraient fini par les croire de tout temps créés à leur unique usage, entre ces choses belles et simples, douces, lumineuses. Mais ils ne s'y sentiraient pas enchaînés : certains jours, ils iraient à l'aventure. Nul projet ne leur serait impossible. Ils ne connaîtraient pas la rancœur, ni l'amertume ni l'envie. Car leurs moyens et leurs désirs s'accorderaient en tous points, en tout temps. Ils appelleraient cet équilibre bonheur et sauraient, par leur liberté, par leur sagesse, par leur culture, le préserver, le découvrir à chaque instant de leur vie commune.

2

Ils auraient aimé être riches. Ils croyaient qu'ils auraient su l'être. Ils auraient su s'habiller, regarder, sourire comme des gens riches. Ils auraient eu le tact, la discrétion nécessaires. Ils auraient oublié leur richesse, auraient su ne pas l'étaler. Ils ne s'en seraient pas glorifiés. Ils l'auraient respirée. Leurs plaisirs auraient été intenses. Ils auraient aimé marcher, flâner, choisir, apprécier. Ils auraient aimé vivre. Leur vie aurait été un art de vivre.

Ces choses-là ne sont pas faciles, au contraire. Pour ce jeune couple, qui n'était pas riche, mais qui désirait l'être, simplement parce qu'il n'était pas pauvre, il n'existait pas de situation plus inconfortable. Ils n'avaient que ce qu'ils méritaient d'avoir. Ils étaient renvoyés, alors que déjà ils rêvaient d'espace, de lumière, de silence, à la réalité, même pas sinistre, mais simplement rétrécie – et c'était peut-être pire –, de leur logement exigu, de leurs repas quotidiens, de leurs vacances chétives. C'était ce qui correspondait à leur situation économique, à leur position sociale. C'était leur réalité, et ils n'en avaient pas d'autre. Mais il existait, à côté d'eux, tout autour d'eux, tout au long des rues où ils ne pouvaient pas ne pas marcher, les offres fallacieuses, et si chaleureuses pourtant, des antiquaires, des épiciers, des papetiers. Du Palais-Royal à Saint-Germain, du Champ-de-Mars à l'Etoile, du Luxembourg à Montparnasse, de l'île Saint-Louis au Marais, des Ternes à l'Opéra, de la Madeleine au parc Monceau, Paris entier était une perpétuelle tentation. Ils brûlaient d'y succomber, avec ivresse, tout de suite et à jamais. Mais l'horizon de leurs désirs était impitoyablement bouché; leurs grandes rêveries impossibles n'appartenaient qu'à l'utopie.

Ils vivaient dans un appartement minuscule et charmant, au plafond bas, qui donnait sur un jardin. Et se souvenant de leur chambre de bonne – un couloir sombre et étroit, surchauffé, aux odeurs tenaces – ils y vécurent d'abord dans une sorte d'ivresse, renouvelée chaque matin par le pépiement des oiseaux. Ils ouvraient les fenêtres, et, pendant de longues minutes, parfaitement heureux, ils regardaient leur cour. La maison était vieille, non point croulante encore, mais vétuste, lézardée. Les couloirs et les escaliers étaient étroits et sales, suintants d'humidité, imprégnés de fumées graisseuses. Mais entre deux grands arbres et cinq jardinets minuscules, de formes irrégulières, pour la plupart à l'abandon, mais riches de gazon rare, de fleurs en pots, de buissons, de statues naïves même, circulait une allée de gros pavés irréguliers, qui donnait au tout un air de campagne. C'était l'un de ces rares endroits à Paris où il pouvait arriver, certains jours d'automne, après la pluie, que montât du sol une odeur, presque puissante, de forêt, d'humus, de feuilles pourrissantes.

Jamais ces charmes ne les lassèrent et ils y demeurèrent toujours aussi spontanément sensibles qu'aux premiers jours, mais il devint évident, après quelques mois d'une trop insouciante allégresse, qu'ils ne sauraient suffire à leur faire oublier les défauts de leur demeure. Habitués à vivre dans des chambres insalubres où ils ne faisaient que dormir, et à passer leurs journées dans des cafés, il leur fallut longtemps pour s'apercevoir que les fonctions les plus banales de la vie de tous les jours – dormir, manger, lire, bavarder, se laver – exigeaient chacune un espace spécifique, dont l'absence notoire commença dès lors à se faire sentir. Ils se consolèrent de leur mieux, se félicitant de l'excellence du quartier, de la proximité de la rue Mouffetard et du Jardin des Plantes, du calme de la rue, du cachet de leurs plafonds bas, et de la splendeur des arbres et de la cour tout au long des saisons; mais, à l'intérieur, tout commençait à crouler sous l'amoncellement des objets, des meubles, des livres, des assiettes, des paperasses, des bouteilles vides. Une guerre d'usure commençait dont ils ne sortiraient jamais vainqueurs.

Pour une superficie totale de trente-cinq mètres carrés, qu'ils n'osèrent jamais vérifier, leur appartement se composait d'une entrée minuscule, d'une cuisine exiguë, dont une moitié avait été aménagée en salle d'eau, d'une chambre aux dimensions modestes, d'une pièce à tout faire – bibliothèque, salle de séjour ou de travail, chambre d'amis – et d'un coin mal défini, à mi-chemin du cagibi et du corridor, où parvenaient à prendre place un réfrigérateur de petit format, un chauffe-eau électrique, une penderie de fortune, une table, où ils prenaient leurs repas, et un coffre à linge sale qui leur servait également de banc.

Certains jours l'absence d'espace devenait tyrannique. Ils étouffaient. Mais ils avaient beau reculer les limites de leurs deux pièces, abattre des murs, susciter des couloirs, des placards, des dégagements, imaginer des penderies modèles, annexer en rêve les appartements voisins, ils finissaient toujours par se retrouver dans ce qui était leur lot, leur seul lot : trente-cinq mètres carrés.

Des arrangements judicieux auraient sans doute été possibles : une cloison pouvait sauter, libérant un vaste coin mal utilisé, un meuble trop gros pouvait être avantageusement remplacé, une série de placards pouvait surgir. Sans doute, alors, pour peu qu'elle fût repeinte, décapée, arrangée avec quelque amour, leur demeure eût-elle été incontestablement charmante, avec sa fenêtre aux rideaux rouges et sa fenêtre aux rideaux verts, avec sa longue table de chêne, un peu branlante, achetée aux Puces, qui occupait toute la longueur d'un panneau, au-dessous de la très belle reproduction d'un portulan, et qu'une petite écritoire à rideau Second Empire, en acajou incrusté de baguettes de cuivre, dont plusieurs manquaient, séparait en deux plans de travail, pour Sylvie à gauche, pour Jérôme à droite, chacun marqué par un même buvard rouge, une même brique de verre, un même pot à crayons; avec son vieux bocal de verre serti d'étain qui avait été transformé en lampe, avec son décalitre à grains en bois déroulé renforcé de métal qui servait de corbeille à papier, avec ses deux fauteuils hétéroclites, ses chaises paillées, son tabouret de vacher. Et il se serait dégagé de l'ensemble, propre et net, ingénieux, une chaleur amicale, une ambiance sympathique de travail, de vie commune.

Mais la seule perspective des travaux les effrayait. Il leur aurait fallu emprunter, économiser, investir. Ils ne s'y résignaient pas. Le cœur n'y était pas : ils ne pensaient qu'en termes de tout ou rien. La bibliothèque serait de chêne clair ou ne serait pas. Elle n'était pas. Les livres s'empilaient sur deux étagères de bois sale et, sur deux rangs, dans des placards qui n'auraient jamais dû leur être réservés. Pendant trois ans, une prise de courant demeura défectueuse, sans qu'ils se décident à faire venir un électricien, cependant que couraient, sur presque tous les murs, des fils aux épissures grossières et des rallonges disgracieuses. Il leur fallut six mois pour remplacer un cordon de rideaux. Et la plus petite défaillance dans l'entretien quotidien se traduisait en vingt-quatre heures par un désordre que la bienfaisante présence des arbres et des jardins si proches rendait plus insupportable encore.

Le provisoire, le statu quo régnaient en maîtres absolus. Ils n'attendaient plus qu'un miracle. Ils auraient fait venir les architectes, les entrepreneurs, les maçons, les plombiers, les tapissiers, les peintres. Ils seraient partis en croisière et auraient trouvé, à leur retour, un appartement transformé, aménagé, remis à neuf, un appartement modèle, merveilleusement agrandi, plein de détails à sa mesure, des cloisons amovibles, des portes coulissantes, un moyen de chauffage efficace et discret, une installation électrique invisible, un mobilier de bon aloi.

Mais entre ces rêveries trop grandes, auxquelles ils s'abandonnaient avec une complaisance étrange, et la nullité de leurs actions réelles, nul projet rationnel, qui aurait conseillé les nécessités objectives et leurs possibilités financières, ne venait s'insérer. L'immensité de leurs désirs les paralysait.

Cette absence de simplicité, de lucidité presque, était caractéristique. L'aisance – c'est sans doute ceci qui était le plus grave – leur faisait cruellement défaut. Non pas l'aisance matérielle, objective, mais une certaine désinvolture, une certaine décontraction. Ils avaient tendance à être excités, crispés, avides, presque jaloux. Leur amour du bien-être, du mieux-être, se traduisait le plus souvent par un prosélytisme bête : alors ils discouraient longtemps, eux et leurs amis, sur le génie d'une pipe ou d'une table basse, ils en faisaient des objets d'art, des pièces de musée. Ils s'enthousiasmaient pour une valise – ces valises minuscules, extraordinairement plates, en cuir noir légèrement grenu, que l'on voit en vitrine dans les magasins de la Madeleine, et qui semblent concentrer en elles tous les plaisirs supposés des voyages éclair, à New York ou à Londres. Ils traversaient Paris pour aller voir un fauteuil qu'on leur avait dit parfait. Et même, connaissant leurs classiques, ils hésitaient parfois à mettre un vêtement neuf, tant il leur semblait important, pour l'excellence de son allure, qu'il ait d'abord été porté trois fois. Mais les gestes, un peu sacralisés, qu'ils avaient pour s'enthousiasmer devant la vitrine d'un tailleur, d'une modiste ou d'un chausseur, ne parvenaient le plus souvent qu'à les rendre un peu ridicules.

Peut-être étaient-ils trop marqués par leur passé (et pas seulement eux, d'ailleurs, mais leurs amis, leurs collègues, les gens de leur âge, le monde dans lequel ils trempaient). Peut-être étaient-ils d'emblée trop voraces : ils voulaient aller trop vite. Il aurait fallu que le monde, les choses, de tout temps leur appartiennent, et ils y auraient multiplié les signes de leur possession. Mais ils étaient condamnés à la conquête : ils pouvaient devenir de plus en plus riches; ils ne pouvaient faire qu'ils l'aient toujours été. Ils auraient aimé vivre dans le confort, dans la beauté. Mais ils s'exclamaient, ils admiraient, c'était la preuve la plus sûre qu'ils n'y étaient pas. La tradition – au sens le plus méprisable du terme, peut-être – leur manquait, l'évidence, la jouissance vraie, implicite et immanente, celle qui s'accompagne d'un bonheur du corps, alors que leur plaisir était cérébral. Trop souvent, ils n'aimaient, dans ce qu'ils appelaient le luxe, que l'argent qu'il y avait derrière. Ils succombaient aux signes de la richesse : ils aimaient la richesse avant d'aimer la vie.

Leurs premières sorties hors du monde estudiantin, leurs premières incursions dans cet univers des magasins de luxe qui n'allait pas tarder à devenir leur Terre Promise, furent, de ce point de vue, particulièrement révélatrices. Leur goût encore ambigu, leur scrupule trop tatillon, leur manque d'expérience, leur respect un peu borné de ce qu'ils croyaient être les mornes du vrai bon goût, leur valurent quelques fausses notes, quelques humiliations. Il put sembler un moment que le modèle vestimentaire sur lequel s'alignaient Jérôme et ses amis était, non pas le gentleman anglais, mais la très continentale caricature qu'en offre un émigré de fraîche date aux appointements modestes. Et le jour où Jérôme acheta ses premières chaussures britanniques, il prit soin, après les avoir longuement frottées, par petites applications concentriques délicatement appuyées, avec un chiffon de laine légèrement enduit d'un cirage de qualité supérieure, de les exposer au soleil, où elles étaient censées acquérir au plus vite une patine exceptionnelle. C'était, hélas, avec une paire de mocassins à forte tige et à semelles de crêpe qu'il se refusait obstinément à porter, sa seule paire de chaussures : il en abusa, les traîna dans des chemins défoncés, et les détruisit en un peu moins de sept mois.

Puis, l'âge aidant, à la faveur des expériences accumulées, il apparut qu'ils prenaient un peu de champ à l'égard de leurs ferveurs les plus exacerbées. Ils surent attendre, et s'habituer. Leur goût se forma lentement, plus sûr, plus pondéré. Leurs désirs eurent le temps de mûrir; leur convoitise devint moins hargneuse. Lorsque, se promenant aux abords de Paris, ils s'arrêtaient chez les antiquaires de village, ils ne se précipitaient plus vers les assiettes de faïence, vers les chaises d'église, vers les bonbonnes de verre soufflé, vers les chandeliers de cuivre. Certes, il y avait encore, dans l'image un peu statique qu'ils se faisaient de la maison modèle, du confort parfait, de la vie heureuse, beaucoup de naïvetés, beaucoup de complaisances : ils aimaient avec force ces objets que le seul goût du jour disait beaux : ces fausses images d'Epinal, ces gravures à l'anglaise, ces agates, ces verres filés, ces pacotilles néobarbares, ces bricoles para-scientifiques, qu'en un rien de temps ils retrouvaient à toutes les devantures de la rue Jacob, de la rue Visconti. Ils rêvaient encore de les posséder; ils auraient assouvi ce besoin immédiat, évident, d'être à la page, de passer pour connaisseurs. Mais cette outrance mimétique avait de moins en moins d'importance, et il leur était agréable de penser que l'image qu'ils se faisaient de la vie s'était lentement débarrassée de tout ce qu'elle pouvait avoir d'agressif, de clinquant, de puéril parfois. Ils avaient brûlé ce qu'ils avaient adoré : les miroirs de sorcière, les billots, les stupides petits mobiles, les radiomètres, les cailloutis multicolores, les panneaux de jute agrémentés de paraphes à la Mathieu. Il leur semblait qu'ils maîtrisaient de plus en plus leurs désirs : ils savaient ce qu'ils voulaient; ils avaient des idées claires. Ils savaient ce que seraient leur bonheur, leur liberté.

Et pourtant, ils se trompaient; ils étaient en train de se perdre. Déjà, ils commençaient à se sentir entraînés le long d'un chemin dont ils ne connaissaient ni les détours ni l'aboutissement. Il leur arrivait d'avoir peur. Mais, le plus souvent, ils n'étaient qu'impatients : ils se sentaient prêts; ils étaient disponibles : ils attendaient de vivre, ils attendaient l'argent.

3

Jérôme avait vingt-quatre ans. Sylvie en avait vingt-deux. Ils étaient tous deux psychosociologues. Ce travail, qui n'était pas exactement un métier, ni même une profession, consistait à interviewer des gens, selon diverses techniques, sur des sujets variés. C'était un travail difficile, qui exigeait, pour le moins, une forte concentration nerveuse, mais il ne manquait pas d'intérêt, était relativement bien payé, et leur laissait un temps libre appréciable.

Comme presque tous leurs collègues, Jérôme et Sylvie étaient devenus psychosociologues par nécessité, non par choix. Nul ne sait d'ailleurs où les aurait menés le libre développement d'inclinations tout à fait indolentes. L'histoire, là encore, avait choisi pour eux. Ils auraient aimé, certes, comme tout le monde, se consacrer à quelque chose, sentir en eux un besoin puissant, qu'ils auraient appelé vocation, une ambition qui les aurait soulevés, une passion qui les aurait comblés. Hélas, ils ne s'en connaissaient qu'une : celle du mieux-vivre, et elle les épuisait. Etudiants, la perspective d'une pauvre licence, d'un poste à Nogent-sur-Seine, à Château-Thierry ou à Etampes, et d'un salaire petit, les épouvanta au point qu'à peine se furent-ils rencontrés – Jérôme avait alors vingt et un ans, Sylvie dix-neuf – ils abandonnèrent, sans presque avoir besoin de se concerter, des études qu'ils n'avaient jamais vraiment commencées. Le désir de savoir ne les dévorait pas; beaucoup plus humblement, et sans se dissimuler qu'ils avaient sans doute tort, et que, tôt ou tard, viendrait le jour où ils le regretteraient, ils ressentaient le besoin d'une chambre un peu plus grande, d'eau courante, d'une douche, de repas plus variés, ou simplement plus copieux que ceux des restaurants universitaires, d'une voiture peut-être, de disques, de vacances, de vêtements.

Depuis plusieurs années déjà, les études de motivation avaient fait leur apparition en France. Cette année-là, elles étaient encore en pleine expansion. De nouvelles agences se créaient chaque mois, à partir de rien, ou presque. On y trouvait facilement du travail. Il s'agissait, la plupart du temps, d'aller dans les jardins publics, à la sortie des écoles, ou dans les H.L.M. de banlieue, demander à des mères de famille si elles avaient remarqué quelque publicité récente, et ce qu'elles en pensaient. Ces sondages-express, appelés testings ou enquêtes-minute, étaient payés cent francs. C'était peu, mais c'était mieux que le baby-sitting, que les gardes de nuit, que la plonge, que tous les emplois dérisoires – distribution de propectus, écritures, minutage d'émissions publicitaires, vente à la sauvette, lumpen-tapirat – traditionnellement réservés aux étudiants. Et puis, la jeunesse même des agences, leur stade presque artisanal, la nouveauté des méthodes, la pénurie encore totale d'éléments qualifiés, pouvaient laisser entrevoir l'espoir de promotions rapides, d'ascensions vertigineuses.

Ce n'était pas un mauvais calcul. Ils passèrent quelques mois à administrer des questionnaires. Puis il se trouva un directeur d'agence qui, pressé par le temps, leur fit confiance : ils partirent en province, un magnétophone sous le bras; quelques-uns de leurs compagnons de route, à peine leurs aînés, les initièrent aux techniques, à vrai dire moins difficiles que ce que l'on suppose généralement, des interviews ouvertes et fermées : ils apprirent à faire parler les autres, et à mesurer leurs pro-

31

pres paroles : ils surent déceler, sous les hésitations embrouillées, sous les silences confus, sous les allusions timides, les chemins qu'il fallait explorer ; ils percèrent les secrets de ce « hm » universel, véritable intonation magique, par lequel l'interviewer ponctue le discours de l'interviewé, le met en confiance, le comprend, l'encourage, l'interroge, le menace même parfois.

Leurs résultats furent honorables. Ils continuèrent sur leur lancée. Ils ramassèrent un peu partout des bribes de sociologie, de psychologie, de statistiques ; ils assimilèrent le vocabulaire et les signes, les trucs qui faisaient bien : une certaine manière, pour Sylvie, de mettre ou d'enlever ses lunettes, une certaine manière de prendre des notes, de feuilleter un rapport, une certaine manière de parler, d'intercaler dans leurs conversations avec les patrons, sur un ton à peine interrogateur, des locutions du genre de : «... n'est-ce pas... », « ... je pense peut-être... », « ... dans une certaine mesure... », « ... c'est une question que je pose... », une certaine manière de citer, aux moments opportuns, Wright Mills, William Whyte, ou, mieux encore, Lazarsfeld, Cantril ou Herbert Hyman, dont ils n'avaient pas lu trois pages.

Ils montrèrent pour ces acquisitions strictement nécessaires, qui étaient l'*a b c* du métier, d'excellentes dispositions et, un an à peine après leurs premiers contacts avec les études de motivation, on leur confia la lourde responsabilité d'une « analyse de contenu » : c'était immédiatement au-dessous de la direction générale d'une étude, obligatoirement réservée à un cadre sédentaire, le poste le plus élevé, donc le plus cher et partant le plus noble, de toute la hiérarchie. Au cours des années qui suivirent, ils ne descendirent plus guère de ces hauteurs.

Et pendant quatre ans, peut-être plus, ils explorèrent, interviewèrent, analysèrent. Pourquoi les aspirateurs-traîneaux se vendent-ils si mal? Que pense-t-on, dans les milieux de modeste extraction, de la chicorée? Aime-t-on la purée toute faite, et pourquoi? Parce qu'elle est légère? Parce qu'elle est onctueuse? Parce qu'elle est si facile à faire : un geste et hop? Trouve-t-on vraiment que les voitures d'enfants sont chères? N'est-on pas toujours prêt à faire un sacrifice pour le confort des petits? Comment votera la Française? Aime-t-on le fromage en tube? Est-on pour ou contre les transports en commun? A quoi fait-on d'abord attention en mangeant un yaourt : à la couleur? à la consistance? au goût? au parfum naturel? Lisez-vous beaucoup, un peu, pas du tout? Allez-vous au restaurant? Aimeriez-vous, madame, donner en location votre chambre à un Noir? Que pense-t-on, franchement, de la retraite des vieux? Que pense la jeunesse? Que pensent les cadres? Que pense la femme de trente ans? Que pensez-vous des vacances? Où passez-vous vos vacances? Aimez-vous les plats surgelés? Combien pensez-vous que ça coûte un briquet comme ça? Quelles qualités demandez-vous à votre matelas? Pouvez-vous me décrire un homme qui aime les pâtes? Que pensez-vous de votre machine à laver? Est-ce que vous en êtes satisfaite? Est-ce qu'elle ne mousse pas trop? Est-ce qu'elle lave bien? Est-ce qu'elle déchire le linge? Est-ce qu'elle sèche le linge? Est-ce que vous préféreriez une machine à laver qui sècherait votre linge aussi? Et la sécurité à la mine, est-elle bien faite, ou pas assez selon vous? (Faire parler le sujet : demandez-lui de raconter des exemples personnels; des choses qu'il a vues; est-ce qu'il a déjà été blessé lui-même? comment ça s'est passé? Et son fils, est-ce qu'il sera mineur comme son père, ou bien quoi?)

Il y eut la lessive, le linge qui sèche, le repassage. Le gaz, l'électricité, le téléphone. Les enfants. Les vêtements et les sous-vêtements. La moutarde. Les soupes en sachets, les soupes en boîtes. Les cheveux : comment les laver, comment les teindre, comment les faire tenir, comment les faire briller. Les étudiants, les ongles, les sirops pour la toux, les machines à écrire, les engrais, les tracteurs, les loisirs, les cadeaux, la papeterie, le blanc, la politique, les autoroutes, les boissons alcoolisées, les eaux minérales, les fromages et les conserves, les lampes et les rideaux, les assurances, le jardinage.

Rien de ce qui était humain ne leur fut étranger.

Pour la première fois, ils gagnèrent quelque argent. Leur travail ne leur plaisait pas : aurait-il pu leur plaire? Il ne les ennuyait pas trop non plus. Ils avaient l'impression de beaucoup y apprendre. D'année en année, il les transforma.

Ce furent les grandes heures de leur conquête. Ils n'avaient rien; ils découvraient les richesses du monde.

Ils avaient longtemps été parfaitement anonymes. Ils étaient vêtus comme des étudiants, c'est-à-dire mal. Sylvie d'une unique jupe, de chandails laids, d'un pantalon de velours, d'un duffle-coat, Jérôme d'une canadienne crasseuse, d'un complet de confection, d'une cravate lamentable. Ils se plongèrent avec ravissement dans la mode anglaise. Ils découvrirent les lainages, les chemisiers de soie, les chemises de Doucet, les cravates en voile, les carrés de soie, le tweed, le lambs-wool, le cashmere, le vicuna, le cuir et le jersey, le lin, la magistrale hiérarchie des chaussures, enfin, qui mène des Churchs aux Weston, des Weston aux Bunting, et des Bunting aux Lobb.

Leur rêve fut un voyage à Londres. Ils auraient partagé leur temps entre la National Gallery, Saville Row, et certain pub de Church Street dont Jérôme avait gardé le souvenir ému. Mais ils n'étaient pas encore assez riches pour s'y habiller de pied en cap. A Paris, avec le premier argent qu'à la sueur de leur front allégrement ils gagnèrent, Sylvie fit l'emplette d'un corsage en soie tricotée de chez Cornuel, d'un twin-set importé en lambs-wool, d'une jupe droite et stricte, de chaussures en cuir tressé d'une souplesse extrême, et d'un grand carré de soie décoré de paons et de feuillages. Jérôme, bien qu'il aimât encore, à l'occasion, traîner en savates, mal rasé, vêtu de vieilles chemises sans col et d'un pantalon de toile, découvrit, soignant les contrastes, les plaisirs des longues matinées : se baigner, se raser de près, s'asperger d'eau de toilette, enfiler, la peau encore légèrement humide, des chemises complètement blanches, nouer des cravates de laine ou de soie. Il en acheta trois, chez Old England, et aussi une veste de tweed, des chemises en solde, et des chaussures dont il pensait n'avoir pas à rougir.

36

Puis, ce fut presque une des grandes dates de leur vie, ils découvrirent le marché aux Puces. Des chemises Arrow ou Van Heusen, admirables, à long col boutonnant, alors introuvables à Paris, mais que les comédies américaines commençaient à populariser (du moins parmi cette frange restreinte qui trouve son bonheur dans les comédies américaines), s'y étalaient en pagaille, à côté de trench-coats réputés indestructibles, de jupes, de chemisiers, de robes de soie, de vestes de peau, de mocassins de cuir souple. Ils y allèrent chaque quinzaine, le samedi matin, pendant un an ou plus, fouiller dans les caisses, dans les étals, dans les amas, dans les cartons, dans les parapluies renversés, au milieu d'une cohue de teen-agers à rouflaquettes, d'Algériens vendeurs de montres, de touristes américains qui, sortis des yeux de verre, des huit-reflets et des chevaux de bois du marché Vernaison, erraient, un peu effarés, dans le marché Malik contemplant, à côté des vieux clous, des matelas, des carcasses de machines, des pièces détachées, l'étrange destin des surplus fatigués de leurs plus prestigieux shirtmakers. Et ils ramenaient des vêtements de toutes sortes, enveloppés dans du papier journal, des bibelots, des parapluies, des vieux pots, des sacoches, des disques.

Ils changeaient, ils devenaient autres. Ce n'était pas tellement le besoin, d'ailleurs réel, de se différencier de ceux qu'ils avaient à charge d'interviewer, de les impressionner sans les éblouir. Ni non plus parce qu'ils rencontraient beaucoup de gens, parce qu'ils sortaient, pour toujours, leur semblait-il, des milieux qui avaient été les leurs. Mais l'argent – une telle remarque est forcément banale – suscitait des besoins nouveaux. Ils auraient été surpris de constater, s'ils y avaient un instant réfléchi – mais, ces années-là, ils ne réfléchirent point –, à quel point s'était transformée la vision qu'ils avaient de leur propre corps, et, au-delà, de tout ce qui les concernait, de tout ce qui leur importait, de tout ce qui était en train de devenir leur monde.

Tout était nouveau. Leur sensibilité, leurs goûts, leur place, tout les portait vers des choses qu'ils avaient toujours ignorées. Ils faisaient attention à la manière dont les autres étaient habillés; ils remarquaient aux devantures les meubles, les bibelots, les cravates; ils rêvaient devant les annonces des agents immobiliers. Il leur semblait comprendre des choses dont ils ne s'étaient jamais occupés : il leur était devenu important qu'un quartier, qu'une rue soit triste ou gaie, silencieuse ou bruyante, déserte ou animée. Rien, jamais, ne les avait préparés à ces préoccupations nouvelles; ils les découvraient, avec candeur, avec enthousiasme, s'émerveillant de leur longue ignorance. Ils ne s'étonnaient pas, ou presque pas, d'y penser presque sans cesse.

Les chemins qu'ils suivaient, les valeurs auxquelles ils s'ouvraient, leurs perspectives, leurs désirs, leurs ambitions, tout cela, il est vrai, leur semblait parfois désespérément vide. Ils ne connaissaient rien qui ne fût fragile ou confus. C'était pourtant leur vie, c'était la source d'exaltations inconnues, plus que grisantes, c'était quelque chose d'immensément, d'intensément ouvert. Ils se disaient parfois que la vie qu'ils mèneraient aurait le charme, la souplesse, la fantaisie des comédies américaines, des génériques de Saül Bass; et des images merveilleuses, lumineuses, de champs de neige immaculés striés de traces de skis, de mer bleue, de soleil, de vertes collines, de feux pétillant dans des cheminées de pierre, d'autoroutes audacieuses, de pullmans, de palaces, les effleuraient comme autant de promesses.

Ils abandonnèrent leur chambre et les restaurants universitaires. Ils trouvèrent à louer, au numéro 7 de la rue de Quatrefages, en face de la Mosquée, tout près du

Jardin des Plantes, un petit appartement de deux pièces qui donnait sur un joli jardin. Ils eurent envie de moquettes, de tables, de fauteuils, de divans.

Ils firent dans Paris, ces années-là, d'interminables promenades. Ils s'arrêtèrent devant chaque antiquaire. Ils visitèrent les grands magasins, des heures entières, émerveillés, et déjà effrayés, mais sans encore oser se le dire, sans encore oser regarder en face cette espèce d'acharnement minable qui allait devenir leur destin, leur raison d'être, leur mot d'ordre, émerveillés et presque submergés déjà par l'ampleur de leurs besoins, par la richesse étalée, par l'abondance offerte.

Ils découvrirent les petits restaurants des Gobelins, des Ternes, de Saint-Sulpice, les bars déserts où l'on prend plaisir à chuchoter, les week-ends hors de Paris, les grandes promenades en forêt, à l'automne, à Rambouillet, à Vaux, à Compiègne, les joies presque parfaites offertes à l'œil, à l'oreille, au palais.

Et c'est ainsi que, petit à petit, s'insérant dans la réalité d'une façon un peu plus profonde que par le passé où, fils de petits-bourgeois sans envergure, puis étudiants amorphes et indifférenciés, ils n'avaient eu du monde qu'une vision étriquée et superficielle, ils commencèrent à comprendre ce qu'était un honnête homme.

Cette ultime révélation, qui n'en fut d'ailleurs pas une au sens strict du terme, mais l'aboutissement d'une lente maturation sociale et psychologique dont ils auraient été bien en peine de décrire les états successifs, couronna leur métamorphose.

4

Avec leurs amis, la vie, souvent, était un tourbillon.

Ils étaient toute une bande, une fine équipe. Ils se connaissaient bien; ils avaient, déteignant les uns sur les autres, des habitudes communes, des goûts, des souvenirs communs. Ils avaient leur vocabulaire, leurs signes, leurs dadas. Trop évolués pour se ressembler parfaitement, mais, sans doute, pas encore assez pour ne pas s'imiter plus ou moins consciemment, ils passaient une grande partie de leur vie en échanges. Ils s'en irritaient souvent; ils s'en amusaient plus souvent encore.

Ils appartenaient, presque tous, aux milieux de la publicité. Certains, pourtant, continuaient, ou s'efforçaient de continuer, de vagues études. Ils s'étaient rencontrés, la plupart du temps, dans les bureaux tape-à-l'œil ou pseudo-fonctionnels des directeurs d'agence. Ils écoutaient ensemble, en crayonnant agressivement sur leurs buvards, leurs recommandations mesquines et leurs plaisanteries sinistres; leur mépris commun de ces nantis, de ces profiteurs, de ces marchands de soupe, était parfois leur premier terrain d'entente. Mais le plus souvent, ils se sentaient d'abord condamnés à vivre cinq ou six jours ensemble, dans les hôtels tristes des petites villes. A chaque repas pris en commun, ils invitaient l'amitié à s'asseoir. Mais les déjeuners étaient hâtifs et professionnels, les dîners effroyablement lents, à moins que ne jaillisse cette miraculeuse étincelle qui illuminait leurs mines contristées de V.R.P. et leur faisait trouver mémorable cette soirée provinciale, et succulente une terrine quelconque qu'un hôtelier scélérat leur comptait en supplément. Alors, ils oubliaient leurs magnétophones et ils abandonnaient leur ton trop policé de psychologues distingués. Ils s'attardaient à table. Ils parlaient d'eux-mêmes et du monde, de tout et de rien, de leurs goûts, de leurs ambitions. Ils allaient courir la ville à la recherche du seul bar confortable qu'elle se devait de posséder, et jusqu'à une heure avancée de la nuit, devant des whiskies, des fines ou des gin-tonics, ils évoquaient, avec un abandon presque rituel, leurs amours, leurs désirs, leurs voyages, leurs refus, leurs enthousiasmes, sans s'étonner, mais s'enchantant presque, au contraire, de la ressemblance de leur histoire et de l'identité de leurs points de vue.

Il arrivait que, de cette sympathie première, il n'émergeât rien d'autre que des relations distantes, des coups de téléphone de loin en loin. Il arrivait aussi, moins souvent il est vrai, que naisse de cette rencontre, par hasard ou par désir réciproque, lentement ou moins lentement, une amitié possible qui se développait peu à peu. Ainsi, au fil des années, s'étaient-ils lentement soudés.

Les uns et les autres, ils étaient aisément identifiables. Ils avaient de l'argent, pas trop, mais suffisamment pour n'avoir qu'épisodiquement, à la suite de quelque folie, dont ils n'auraient su dire si elle faisait partie du superflu ou du nécessaire, des finances vraiment déficitaires. Leurs appartements, studios, greniers, deux-pièces de maisons vétustes, dans des quartiers choisis – le Palais-Royal, la Contrescarpe, Saint-Germain, le Luxembourg, Montparnasse –, se ressemblaient : on y retrouvait les mêmes canapés crasseux, les mêmes tables dites rustiques, les mêmes amoncellements de livres et de disques, vieux verres, vieux bocaux, indifféremment remplis de fleurs, de crayons, de menue monnaie, de cigarettes, de bonbons, de trombones. Ils étaient vêtus, en gros, de la même façon, c'est-à-dire avec ce goût adéquat qui, tant pour les hommes que pour les femmes, fait tout le prix de Madame Express, et par contrecoup, de son époux. D'ailleurs, ils devaient beaucoup à ce couple modèle.

L'Express était sans doute l'hebdomadaire dont ils faisaient le plus grand cas. Ils ne l'aimaient guère, à vrai dire, mais ils l'achetaient, ou, en tout cas, l'empruntant chez l'un ou chez l'autre, le lisaient régulièrement, et même, ils l'avouaient, ils en conservaient fréquemment de vieux numéros. Il leur arrivait plus que souvent de n'être pas d'accord avec sa ligne politique (un jour de saine colère, ils avaient écrit un court pamphlet sur « le style du Lieutenant ») et ils préféraient de loin les analyses du *Monde*, auquel ils étaient unanimement fidèles, ou même les prises de position de *Libération*, qu'ils avaient tendance à trouver sympathique. Mais *l'Express*, et lui seul, correspondait à leur art de vivre; ils retrouvaient en lui, chaque semaine, même s'ils pouvaient à bon droit les juger travesties et dénaturées, les préoccupations les plus courantes de leur vie de tous les jours. Il n'était pas rare qu'ils s'en scandalisent. Car, vraiment, en face de ce style où régnaient la fausse distance, les sous-enten-

dus, les mépris cachés, les envies mal digé-
rées, les faux enthousiasmes, les appels du
pied, les clins d'œil, en face de cette foire
publicitaire qui était tout *l'Express* – sa fin
et non son moyen, son aspect le plus
nécessaire –, en face de ces petits détails
qui changent tout, de ces petits quelque
chose de pas cher et de vraiment amusant,
en face de ces hommes d'affaires qui comprenaient les vrais problèmes, de ces tech-
niciens qui savaient de quoi ils parlaient et
qui le faisaient bien sentir, de ces penseurs
audacieux qui, la pipe à la bouche, mettaient enfin au monde le vingtième siècle,
en face, en un mot, de cette assemblée de
responsables, réunis chaque semaine en
forum ou en table ronde, dont le sourire
béat donnait à penser qu'ils tenaient
encore dans leur main droite les clés d'or
des lavabos directoriaux, ils songeaient,
immanquablement, répétant le pas très
bon jeu de mots qui ouvrait leur pamphlet,
qu'il n'était pas certain que *l'Express* fût un
journal de gauche, mais qu'il était sans
aucun doute possible un journal sinistre.
C'était d'ailleurs faux, ils le savaient très
bien, mais cela les réconfortait.

Ils ne s'en cachaient pas : ils étaient des
gens pour *l'Express.* Ils avaient besoin, sans
doute, que leur liberté, leur intelligence,
leur gaieté, leur jeunesse soient, en tout
temps, en tous lieux, convenablement

signifiées. Ils le laissaient les prendre en charge, parce que c'était le plus facile, parce que le mépris même qu'ils éprouvaient pour lui le justifiait. Et la violence de leurs réactions n'avait d'égale que leur sujétion : ils feuilletaient le journal en maugréant, ils le froissaient, ils le rejetaient loin d'eux. Ils n'en finissaient plus parfois de s'extasier sur son ignominie. Mais ils le lisaient, c'était un fait, ils s'en imprégnaient.

Où auraient-ils pu trouver plus exact reflet de leurs goûts, de leurs désirs? N'étaient-ils pas jeunes? N'étaient-ils pas riches, modérément? *L'Express* leur offrait tous les signes du confort : les gros peignoirs de bain, les démystifications brillantes, les plages à la mode, la cuisine exotique, les trucs utiles, les analyses intelligentes, le secret des dieux, les petits trous pas chers, les différents sons de cloche, les idées neuves, les petites robes, les plats surgelés, les détails élégants, les scandales bon ton, les conseils de dernière minute.

Ils rêvaient, à mi-voix, de divans Chesterfield. *L'Express* y rêvait avec eux. Ils passaient une grande partie de leurs vacances à courir les ventes de campagne; ils y acquéraient à bon compte des étains, des chaises paillées, des verres qui invitaient à boire, des couteaux à manche de corne, des écuelles patinées dont ils faisaient des cendriers précieux. De toutes ces choses, ils en étaient sûrs, *l'Express* avait parlé, ou allait parler.

Au niveau des réalisations, toutefois, ils s'écartaient assez sensiblement des modes d'achat que *l'Express* proposait. Ils n'étaient pas encore tout à fait « installés » et, bien qu'on leur reconnût assez volontiers la qualité de « cadres », ils n'avaient ni les garanties, ni les mois doubles, ni les primes des personnels réguliers attachés par contrat. *L'Express* conseillait donc, sous couleur de petites boutiques pas chères et sympathiques (le patron est un copain, il vous offre un verre et un club-sandwich pendant que vous faites votre choix), des officines où le goût du jour exigeait, pour être convenablement perçu, une amélioration radicale de l'installation précédente : les murs blanchis à la chaux étaient indispensables, la moquette tête-de-nègre était nécessaire, et seul un dallage hétérogène en mosaïque vieillotte pouvait prétendre la remplacer; les poutres apparentes étaient de rigueur, et le petit escalier intérieur, la vraie cheminée, avec son feu, les meubles campagnards, ou mieux encore provençaux, fortement recommandés. Ces transformations, qui se multipliaient à travers Paris, affectant indifféremment libraires, galeries de tableaux, merceries, magasins de frivolités et d'ameublement, épiceries même (il n'était pas rare de voir un ancien petit détaillant crève-la-faim devenir Maître-Fromager, avec un tablier bleu qui faisait très connaisseur et une boutique de poutres et de pailles...), ces transformations, donc, entraînaient, plus ou moins légitimement, une hausse des prix telle que l'acquisition d'une robe de laine sauvage imprimée à la main, d'un twin-set de cashmere tissé par une vieille paysanne aveugle des îles Orcades (*exclusive, genuine, vegetabledyed, hand-spun, hand-woven*), ou d'une somptueuse veste mi-jersey, mi-peau (pour le weed-end, pour la chasse, pour la voiture), s'y révélait constamment impossible. Et de même qu'ils lorgnaient les antiquaires, mais ne comptaient, pour se meubler, que sur les ventes campagnardes ou sur les salles les moins fréquentées de l'Hôtel Drouot (où ils allaient, d'ailleurs, moins souvent qu'ils ne l'auraient voulu), de même, tous autant qu'ils étaient, n'enrichissaient-ils leurs garde-robes qu'en fréquentant assidûment le marché aux Puces, ou, deux fois l'an, certaines ventes de charité organisées par de vieilles Anglaises au profit des œuvres de la St-George English Church, et où abondaient des rebuts – tout à fait acceptables, cela va sans dire – de diplomates. Ils en éprouvaient souvent quelque gêne : il leur fallait se frayer un chemin au milieu d'une foule épaisse et

49

farfouiller dans un tas d'horreurs – les Anglais n'ont pas toujours le goût qu'on leur reconnaît –, avant d'y dénicher une cravate superbe, mais sans doute trop frivole pour un secrétaire d'ambassade, ou une chemise qui avait été parfaite, ou une jupe qu'il faudrait raccourcir. Mais, bien sûr, c'était cela ou rien du tout : la disproportion, partout décelable, entre la qualité de leurs goûts vestimentaires (rien n'était trop beau pour eux) et la quantité d'argent dont ils disposaient en temps ordinaire était un signe évident, mais en fin de compte secondaire, de leur situation concrète : ils n'étaient pas les seuls; plutôt que d'acheter en solde, comme cela se pratiquait partout, trois fois par an, ils préféraient les seconde main. Dans le monde qui était le leur, il était presque de règle de désirer toujours plus qu'on ne pouvait acquérir. Ce n'était pas eux qui l'avaient décrété; c'était une loi de la civilisation, une donnée de fait dont la publicité en général, les magazines, l'art des étalages, le spectacle de la rue, et même, sous un certain aspect, l'ensemble des productions communément appelées culturelles, étaient les expressions les plus conformes. Ils avaient tort, dès lors, de se sentir, à certains instants, atteints dans leur dignité : ces petites mortifications – demander d'un ton peu assuré le prix de quelque chose, hésiter, tenter de marchander, lorgner les devantures sans oser entrer, avoir envie, avoir l'air mesquin – faisaient elles aussi marcher le commerce. Ils étaient fiers d'avoir payé quelque chose moins cher, de l'avoir eu pour rien, pour presque rien. Ils étaient plus fiers encore (mais l'on paie toujours un peu trop cher le plaisir de payer trop cher) d'avoir payé très cher, le plus cher, d'un seul coup, sans discuter, presque avec ivresse, ce qui était, ce qui ne pouvait être que le plus beau, le seul beau, le parfait. Ces hontes et ces orgueils avaient la même fonction, portaient en eux les mêmes déceptions, les mêmes hargnes. Et ils comprenaient, parce que partout, tout autour d'eux, tout le leur faisait comprendre, parce qu'on le leur enfonçait dans la tête à longueur de journée, à coups de slogans, d'affiches, de néons, de vitrines illuminées, qu'ils étaient toujours un petit peu plus bas dans l'échelle, toujours un petit peu trop bas. Encore avaient-ils cette chance de n'être pas, loin de là, les plus mal lotis.

Ils étaient des « hommes nouveaux », des jeunes cadres n'ayant pas encore percé toutes leurs dents, des technocrates à mi-chemin de la réussite. Ils venaient, presque tous, de la petite-bourgeoisie, et ses valeurs, pensaient-ils, ne leur suffisaient plus : ils lorgnaient avec envie, avec désespoir, vers le confort évident, le luxe, la perfection des grands bourgeois. Ils n'avaient pas de passé, pas de tradition. Ils n'attendaient pas d'héritage. Parmi tous les amis de Jérôme et de Sylvie, un seul venait d'une famille riche et solide : des négociants drapiers du Nord; une fortune cossue et compacte; des immeubles à Lille, des titres, une gentilhommière aux environs de Beauvais, de l'orfèvrerie, des bijoux, des pièces entières de meubles centenaires. Pour tous les autres, l'enfance avait eu pour cadre des salles à manger et des chambres à coucher façon Chippendale ou façon rustique normand, telles qu'on commençait à les concevoir à l'aube des années trente : des lits de milieu recouverts de taffetas ponceau, des armoires à trois portes agrémentées de glaces et de dorures, des tables effroyablement carrées, aux pieds tournés, des portemanteaux en faux bois de cerf. Là, le soir, sous la lampe familiale, ils avaient fait leurs devoirs. Ils avaient descendu les ordures, ils étaient « allés au lait », ils étaient sortis en claquant la porte. Leurs souvenirs d'enfance se ressemblaient, comme étaient presque identiques les chemins qu'ils avaient suivis, leur lente émergence hors du milieu familial, les perspectives qu'ils semblaient s'être choisies.

Ils étaient donc de leur temps. Ils étaient bien dans leur peau. Ils n'étaient pas, disaient-ils, tout à fait dupes. Ils savaient garder leurs distances. Ils étaient décontractés, ou du moins tentaient de l'être. Ils avaient de l'humour. Ils étaient loin d'être bêtes.

Une analyse poussée aurait décelé aisément, dans le groupe qu'ils formaient, des courants divergents, des antagonismes sourds. Un sociomètre tatillon et sourcilleux eût tôt fait de découvrir des clivages, des exclusions réciproques, des inimitiés latentes. Il arrivait parfois que l'un ou l'autre d'entre eux, à la suite d'incidents plus ou moins fortuits, de provocations larvées, de mésententes à demi-mot, semât la discorde au sein du groupe. Alors, leur belle amitié s'écroulait. Ils découvraient, avec une stupeur feinte, qu'Un Tel, qu'ils croyaient généreux, était la mesquinerie même, que tel autre n'était qu'un égoïste sec. Des tiraillements survenaient, des ruptures se consommaient. Ils prenaient parfois un malin plaisir à se monter les uns contre les autres. Ou bien, c'étaient des bouderies trop longues, des périodes de distance marquée, de froideur. Ils s'évitaient et se justifiaient sans cesse de s'éviter, jusqu'à ce que sonnât l'heure des pardons, des oublis, des réconciliations chaleureuses. Car, en fin de compte, ils ne pouvaient se passer les uns des autres.

Ces jeux les occupaient fort et ils y passaient un temps précieux qu'ils auraient pu, sans mal, utiliser à toute autre chose. Mais ils étaient ainsi faits que, quelque humeur qu'ils en eussent parfois, le groupe qu'ils formaient les définissait presque entièrement. Ils n'avaient pas, hors de lui, de vie réelle. Ils avaient pourtant la sagesse de ne pas se voir trop souvent, de ne pas toujours travailler ensemble, et même, ils faisaient l'effort de conserver des activités individuelles, des zones privées où ils pouvaient s'échapper, où ils pouvaient oublier un peu, non pas le groupe lui-même, la maffia, l'équipe, mais, bien sûr, le travail qui le sous-tendait. Leur vie presque commune rendait plus faciles les études, les départs en province, les nuits d'analyse ou de rédaction des rapports; mais elle les y condamnait aussi. C'était, on peut le dire, leur drame secret, leur faiblesse commune. C'était ce dont ils ne parlaient jamais.

Leur plus grand plaisir était d'oublier ensemble, c'est-à-dire de se distraire. Ils adoraient boire, d'abord, et ils buvaient beaucoup, souvent, ensemble. Ils fréquentaient le *Harry's New York Bar*, rue Daunou, les cafés du Palais-Royal, le *Balzar*, *Lipp*, et quelques autres. Ils aimaient la bière de

Munich, la Guiness, le gin, les punchs bouillants ou glacés, les alcools de fruits. Ils consacraient parfois des soirées entières à boire, resserrés autour de deux tables rapprochées pour la circonstance, et ils parlaient, interminablement, de la vie qu'ils auraient aimé mener, des livres qu'ils écriraient un jour, des travaux qu'ils aimeraient entreprendre, des films qu'ils avaient vus ou qu'ils allaient voir, de l'avenir de l'humanité, de la situation politique, de leurs vacances prochaines, de leurs vacances passées, d'une sortie à la campagne, d'un petit voyage à Bruges, à Anvers ou à Bâle. Et parfois, se plongeant de plus en plus dans ces rêves collectifs, sans chercher à s'en éveiller, mais les relançant sans cesse avec une complicité tacite, ils finissaient par perdre tout contact avec la réalité. Alors, de temps en temps, une main simplement émergeait du groupe : le garçon arrivait, emportait les grès vides et en rapportait d'autres et bientôt la conversation, s'épaississant de plus en plus, ne roulait plus que sur ce qu'ils venaient de boire, sur leur ivresse, sur leur soif, sur leur bonheur.

Ils étaient épris de liberté. Il leur semblait que le monde entier était à leur mesure; ils vivaient au rythme exact de leur soif, et leur exubérance était inextinguible; leur enthousiasme ne connaissait plus de bornes. Ils auraient pu marcher, courir, danser, chanter toute la nuit.

Le lendemain, ils ne se voyaient pas. Les couples restaient enfermés chez eux, à la diète, écœurés, abusant de cafés noirs et de cachets effervescents. Ils ne sortaient qu'à la nuit tombée, allaient manger dans un snack-bar cher un steak nature. Ils prenaient des décisions draconiennes : ils ne fumeraient plus, ne boiraient plus, ne gaspilleraient plus leur argent. Ils se sentaient vides et bêtes et, dans le souvenir qu'ils gardaient de leur mémorable beuverie, s'inséraient toujours une certaine nostalgie, un énervement incertain, un sentiment ambigu, comme si le mouvement même qui les avait portés à boire n'avait fait qu'aviver une incompréhension plus fondamentale, une irritation plus insistante, une contradiction plus fermée dont ils ne pouvaient se distraire.

Ou bien, chez l'un ou chez l'autre, ils organisaient des dîners presque monstrueux, de véritables fêtes. Ils n'avaient, la plupart du temps, que des cuisines exiguës, parfois impraticables, et des vaisselles dépareillées dans lesquelles se perdaient quelques pièces un peu nobles. Sur la table, des verres taillés d'une finesse extrême voisinaient avec des verres à moutarde, des couteaux de cuisine avec des petites cuillers d'argent armoriées.

Ils revenaient de la rue Mouffetard, tous ensemble, les bras chargés de victuailles, avec des cageots entiers de melons et de pêches, des paniers remplis de fromages, des gigots, des volailles, des bourriches d'huîtres en saison, des terrines, des œufs de poisson, des bouteilles enfin, par casiers entiers, de vin, de porto, d'eau minérale, de Coca-Cola.

Ils étaient neuf ou dix. Ils emplissaient l'appartement étroit qu'éclairait une seule fenêtre donnant sur la cour; un canapé recouvert de velours râpeux occupait au fond l'intérieur d'une alcôve; trois personnes y prenaient place, devant la table servie, les autres s'installaient sur des chaises dépareillées, sur des tabourets. Ils mangeaient et buvaient pendant des heures entières. L'exubérance et l'abondance de ces repas étaient curieuses : à vrai dire, d'un strict point de vue culinaire, ils mangeaient de façon médiocre : rôtis et volailles ne s'accompagnaient d'aucune sauce : les légumes étaient, presque invariablement, des pommes de terre sautées ou cuites à l'eau, ou même, en fin de mois, comme plats de résistance, des pâtes ou du riz accompagné d'olives et de quelques anchois. Ils ne faisaient aucune recherche; leurs préparations les plus complexes étaient le melon au porto, la banane flambée, le concombre à la crème. Il leur fallut plusieurs années pour s'apercevoir qu'il existait une technique, sinon un art, de la cuisine, et que tout ce qu'ils avaient par-dessus tout aimé manger n'était que produits bruts, sans apprêt ni finesse.

Ils témoignaient en cela, encore une fois, de l'ambiguïté de leur situation : l'image qu'ils se faisaient d'un festin correspondait trait pour trait aux repas qu'ils avaient longtemps exclusivement connus, ceux des restaurants universitaires : à force de manger des biftecks minces et coriaces, ils avaient voué aux chateaubriands et aux filets un véritable culte. Les viandes en sauce – et même ils se méfièrent longtemps des pot-au-feu – ne les attiraient pas; ils gardaient un souvenir trop net des bouts de gras nageant entre trois ronds de carottes, dans l'intime voisinage d'un petit-suisse affaissé et d'une cuillerée de confiture gélatineuse. D'une certaine manière, ils aimaient tout ce qui niait la cuisine et exaltait l'apparat. Ils aimaient l'abondance et la richesse apparentes; ils refusaient la lente élaboration qui transforme en mets des produits ingrats et qui implique un univers de sauteuses, de marmites, de hachoirs, de chinois, de fourneaux. Mais la vue d'une charcuterie, parfois, les faisait presque défaillir, parce que tout y est consommable, tout de suite : ils aimaient les pâtés, les macédoines ornées de guirlandes de mayonnaise, les roulés de jambon et les bœufs en gelée : ils y succombaient trop souvent, et le regretttaient, une fois leurs yeux satisfaits, à peine avaient-ils enfoncé leur fourchette dans la gelée rehaussée d'une tranche de tomate et de deux brins de persil : car ce n'était, après tout, qu'un œuf dur.

Il y avait, surtout, le cinéma. Et c'était sans doute le seul domaine où leur sensibilité avait tout appris. Ils n'y devaient rien à des modèles. Ils appartenaient, de par leur âge, de par leur formation, à cette première génération pour laquelle le cinéma fut, plus qu'un art, une évidence; ils l'avaient toujours connu, et non pas comme forme balbutiante, mais d'emblée avec ses chefs-d'œuvre, sa mythologie. Il leur semblait parfois qu'ils avaient grandi avec lui, et qu'ils le comprenaient mieux que personne avant eux n'avait su le comprendre.

Ils étaient cinéphiles. C'était leur passion première; ils s'y adonnaient chaque soir, ou presque. Ils aimaient les images, pour peu qu'elles soient belles, qu'elles les entraînent, les ravissent, les fascinent. Ils aimaient la conquête de l'espace, du temps, du mouvement, ils aimaient le tourbillon des rues de New York, la torpeur des tropiques, la violence des saloons. Ils n'étaient, ni trop sectaires, comme ces esprits obtus qui ne jurent que par un seul Eisenstein, Bunuel, ou Antonioni, ou encore – il faut de tout pour faire un monde – Carné, Vidor, Aldrich ou Hitchcock, ni trop éclectiques, comme des individus infantiles qui perdent tout sens critique et crient au génie pour peu qu'un ciel bleu soit bleu ciel, ou que le rouge léger de la robe de Cyd Charisse tranche sur le rouge sombre du canapé de Robert Taylor. Ils ne manquaient pas de goût. Ils avaient une forte prévention contre le cinéma dit sérieux, qui leur faisait trouver plus belles encore les œuvres que ce qualificatif ne suffisait pas à rendre vaines (mais tout de même, disaient-ils, et ils avaient raison, *Marienbad*, quelle merde!), une sympathie presque exagérée pour les westerns, les thrillers, les comédies américaines, et pour ces aventures étonnantes, gonflées d'envolées lyriques, d'images somptueuses, de beautés fulgurantes et presque inexplicables, qu'étaient, par exemple – ils s'en souvenaient toujours –, *Lola, la Croisée des Destins, les Ensorcelés, Ecrit sur du Vent*.

Ils allaient rarement au concert, moins encore au théâtre. Mais ils se rencontraient sans s'être donné rendez-vous à la Cinémathèque, au Passy, au Napoléon, ou dans ces petits cinémas de quartier – le Kursaal aux

Gobelins, le Texas à Montparnasse, le Bikini, le Mexico place Clichy, l'Alcazar à Belleville, d'autres encore, vers la Bastille ou le Quinzième, ces salles sans grâce, mal équipées, que semblait ne fréquenter qu'une clientèle composite de chômeurs, d'Algériens, de vieux garçons, de cinéphiles, et qui programmaient, dans d'infâmes versions doublées, ces chefs-d'œuvre inconnus dont ils se souvenaient depuis l'âge de quinze ans, ou ces films réputés géniaux, dont ils avaient la liste en tête et que, depuis des années, ils tentaient vainement de voir. Ils gardaient un souvenir émerveillé de ces soirées bénies où ils avaient découvert, ou redécouvert, presque par hasard, *le Corsaire rouge*, ou *le Monde lui appartient*, ou *les Forbans de la Nuit*, ou *My Sister Eileen*, ou *les Cinq mille doigts du Docteur T*. Hélas, bien souvent, il est vrai, ils étaient atrocement déçus. Ces films qu'ils avaient attendus si longtemps, feuilletant presque fébrilement, chaque mercredi, à la première heure, l'*Officiel des Spectacles*, ces films dont on leur avait assuré un peu partout qu'ils étaient admirables, il arrivait parfois qu'ils fussent enfin annoncés. Ils se retrouvaient au complet dans la salle, le premier soir. L'écran s'éclairait et ils frémissaient d'aise. Mais les couleurs dataient, les images sautillaient, les femmes avaient terriblement vieilli; ils sortaient; ils étaient tristes. Ce n'était pas le film dont ils avaient rêvé. Ce n'était pas ce film total que chacun parmi eux portait en lui, ce film parfait qu'ils n'auraient su épuiser. Ce film qu'ils auraient voulu faire. Ou, plus secrètement sans doute, qu'ils auraient voulu vivre.

5

Ainsi vivaient-ils, eux et leurs amis, dans leurs petits appartements encombrés et sympathiques, avec leurs balades et leurs films, leurs grands repas fraternels, leurs projets merveilleux. Ils n'étaient pas malheureux. Certains bonheurs de vivre, furtifs, évanescents, illuminaient leurs journées. Certains soirs, après avoir dîné, ils hésitaient à se lever de table; ils finissaient une bouteille de vin, grignotaient des noix, allumaient des cigarettes. Certaines nuits, ils ne parvenaient pas à s'endormir, et, à moitié assis, calés contre les oreillers, un cendrier entre eux, ils parlaient jusqu'au matin. Certains jours, ils se promenaient en bavardant pendant des heures entières. Ils se regardaient en souriant dans les glaces des devantures. Il leur semblait que tout était parfait; ils marchaient librement, leurs mouvements étaient déliés, le temps ne semblait plus les atteindre. Il leur suffisait d'être là, dans la rue, un jour de froid sec, de grand vent, chaudement vêtus, à la tombée du jour, se dirigeant sans hâte, mais d'un bon pas, vers une demeure amie, pour que le moindre de leurs gestes – allumer une cigarette, acheter un cornet de marrons chauds, se faufiler dans la cohue d'une sortie de gare – leur apparaisse comme l'expression évidente, immédiate, d'un bonheur inépuisable.

Ou bien, certaines nuits d'été, ils marchaient longuement dans des quartiers presque inconnus. Une lune parfaitement ronde brillait haut dans le ciel et projetait sur toutes les choses une lumière feutrée. Les rues, désertes et longues, larges, sonores, résonnaient sous leurs pas synchrones. De rares taxis passaient lentement, presque sans bruit. Alors ils se sentaient les maîtres du monde. Ils ressentaient une exaltation inconnue, comme s'ils avaient été détenteurs de secrets fabuleux, de forces inexprimables. Et, se donnant la main, ils se mettaient à courir, ou jouaient à la marelle, ou couraient à cloche-pied le long des trottoirs et hurlaient à l'unisson les grands airs de *Cosi fan tutte* ou de la *Messe en si*.

Ou bien, ils poussaient la porte d'un petit restaurant, et, avec une joie presque rituelle, ils se laissaient pénétrer par la chaleur ambiante, par le cliquetis des fourchettes, le tintement des verres, le bruit feutré des voix, les promesses des nappes blanches. Ils choisissaient leur vin avec componction, dépliaient leur serviette, et il leur semblait alors, bien au chaud, en tête à tête, fumant une cigarette qu'ils allaient écraser un instant plus tard, à peine entamée, lorsque arriveraient les hors-d'œuvre, que leur vie ne serait que l'inépuisable somme de ces moments propices et qu'ils seraient toujours heureux, parce qu'ils méritaient de l'être, parce qu'ils savaient rester disponibles, parce que le bonheur était en eux. Ils étaient assis l'un en face de l'autre, ils allaient manger après avoir eu faim, et toutes ces choses – la nappe blanche de grosse toile, la tache bleue d'un paquet de gitanes, les assiettes de faïence, les couverts un peu lourds, les verres à pied, la corbeille d'osier pleine de pain frais – composaient le cadre toujours neuf d'un plaisir presque viscéral, à la limite de l'engourdissement : l'impression, presque exactement contraire et presque exactement semblable à celle que procure la vitesse, d'une formidable stabilité, d'une formidable plénitude. A partir de cette table servie, ils avaient l'impression d'une synchronie parfaite : ils étaient à l'unisson du monde, ils y baignaient, ils y étaient à l'aise, ils n'avaient rien à craindre.

Peut-être savaient-ils, un peu mieux que

les autres, déchiffrer, ou même susciter, ces signes favorables. Leurs oreilles, leurs doigts, leur palais, comme s'ils avaient été constamment à l'affût, n'attendaient que ces instants propices, qu'un rien suffisait à déclencher. Mais, dans ces moments où ils se laissaient emporter par un sentiment de calme plat, d'éternité, que nulle tension ne venait troubler, où tout était équilibré, délicieusement lent, la force même de ces joies exaltait tout ce qu'il y avait en elles d'éphémère et de fragile. Il ne fallait pas grand-chose pour que tout s'écroule : la moindre fausse note, un simple moment d'hésitation, un signe un peu trop grossier, leur bonheur se disloquait; il redevenait ce qu'il n'avait jamais cessé d'être, une sorte de contrat, quelque chose qu'ils avaient acheté, quelque chose de fragile et de pitoyable, un simple instant de répit qui les renvoyait avec violence à ce qu'il y avait de plus dangereux, de plus incertain dans leur existence, dans leur histoire.

L'ennui, avec les enquêtes, c'est qu'elles ne durent pas. Dans l'histoire de Jérôme et de Sylvie était déjà inscrit le jour où ils devraient choisir : ou bien connaître le chômage, le sous-emploi, ou bien s'intégrer plus solidement à une agence, y entrer à plein temps, y devenir cadre. Ou bien changer de métier, trouver un job ailleurs, mais ce n'était que déplacer le problème. Car si l'on admet aisément, de la part d'individus qui n'ont pas encore atteint la trentaine, qu'ils conservent une certaine indépendance et travaillent à leur guise, si même on apprécie parfois leur disponibilité, leur ouverture d'esprit, la variété de leur expérience, ou ce que l'on appelle encore leur polyvalence, on exige en revanche, assez contradictoirement d'ailleurs, de tout futur collaborateur, qu'une fois passé le cap des trente ans (faisant ainsi, justement, des trente ans un cap), il fasse preuve d'une stabilité certaine, et que soient garantis sa ponctualité, son sens du sérieux, sa discipline. Les employeurs, particulièrement dans la publicité, ne se refusent pas seulement à embaucher des individus ayant dépassé trente-cinq ans, ils hésitent à faire confiance à quelqu'un qui, à trente ans, n'a jamais été *attaché*. Quant à continuer, comme si de rien n'était, à ne les utiliser qu'épisodiquement, cela même est impossible : l'instabilité ne fait pas sérieux; à trente ans, l'on se doit d'être arrivé, ou bien l'on n'est rien. Et nul n'est arrivé s'il n'a trouvé sa place, s'il n'a creusé son trou, s'il n'a ses clés, son bureau, sa petite plaque.

Jérôme et Sylvie pensaient souvent à ce problème. Ils avaient encore quelques années devant eux, mais la vie qu'ils menaient, la paix, toute relative, qu'ils connaissaient, ne seraient jamais acquises. Tout irait en s'effritant; il ne leur resterait rien. Ils ne se sentaient pas écrasés par leur travail, leur vie était assurée, vaille que vaille, bon an mal an, tant bien que mal, sans qu'un métier l'épuise à lui seul. Mais cela ne devait pas durer.

On ne reste jamais très longtemps simple enquêteur. A peine formé, le psychosociologue gagne au plus vite les échelons supérieurs : il devient sous-directeur ou directeur d'agence, ou trouve dans quelque grande entreprise une place enviée de chef de service, chargé du recrutement du personnel, de l'orientation, des rapports sociaux, ou de la politique commerciale. Ce sont de belles situations : les bureaux sont recouverts de moquette; il y a deux téléphones, un dictaphone, un réfrigérateur de salon et même, parfois, un tableau de Bernard Buffet sur l'un des murs.

Hélas, pensaient souvent et se disaient parfois Jérôme et Sylvie, qui ne travaille pas ne mange pas, certes, mais qui travaille ne vit plus. Ils croyaient en avoir fait l'expérience, jadis, pendant quelques semaines. Sylvie était devenue documentaliste dans un bureau d'études, Jérôme codait et décodait des interviews. Leurs conditions de travail étaient plus qu'agréables : ils arrivaient quand bon leur semblait, lisaient leur journal au bureau, descendaient fréquemment boire une bière ou un café, et même, ils ressentaient pour le travail qu'ils effectuaient, en traînassant, une sympathie certaine, qu'encourageait la très vague promesse d'un engagement solide, d'un contrat en bonne et due forme, d'une promotion accélérée. Mais ils ne tinrent pas longtemps. Leurs réveils étaient effroyablement maussades; leurs retours, chaque soir, dans les métros bondés, pleins de rancœurs; ils se laissaient tomber, abrutis, sales, sur leur divan, et ne rêvaient plus que de longs week-ends, de journées vides, de grasses matinées.

Ils se sentaient enfermés, pris au piège, faits comme des rats. Ils ne pouvaient s'y résigner. Ils croyaient encore que tant et tant de choses pouvaient leur arriver, que la régularité même des horaires, la succession des jours, des semaines, leur semblaient une entrave qu'ils n'hésitaient pas à qualifier d'infernale. C'était pourtant, en tout état de cause, le début d'une belle carrière : un bel avenir s'ouvrait devant eux; ils en étaient à ces instants épiques où le patron vous jauge un jeune homme, se félicite *in petto* de l'avoir pris, s'empresse de le former, de le façonner à son image, l'invite à dîner, lui tape sur le ventre, lui ouvre, d'un seul geste, les portes de la fortune.

Ils étaient stupides – combien de fois se

répétèrent-ils qu'ils étaient stupides, qu'ils avaient tort, qu'ils n'avaient, en tout cas, pas plus raison que les autres, ceux qui s'acharnent, ceux qui grimpent – mais ils aimaient leurs longues journées d'inaction, leurs réveils paresseux, leurs matinées au lit, avec un tas de romans policiers et de science-fiction à côté d'eux, leurs promenades dans la nuit, le long des quais, et le sentiment presque exaltant de liberté qu'ils ressentaient certains jours, le sentiment de vacances qui les prenait chaque fois qu'ils revenaient d'une enquête en province.

Ils savaient, bien sûr, que tout cela était faux, que leur liberté n'était qu'un leurre. Leur vie était plus marquée par leurs recherches presque affolées de travail, lorsque, cela était fréquent, une des agences qui les employait faisait faillite ou s'absorbait dans une autre plus grande, par leurs fins de semaine où les cigarettes étaient comptées, par le temps qu'ils perdaient, certains jours, à se faire inviter à dîner.

Ils étaient au cœur de la situation la plus banale, la plus bête du monde. Mais ils avaient beau savoir qu'elle était banale et bête, ils y étaient cependant; l'opposition entre le travail et la liberté ne constituait plus, depuis belle lurette, s'étaient-ils laissé dire, un concept rigoureux; mais c'est pourtant ce qui les déterminait d'abord.

70

Les gens qui choisissent de gagner d'abord de l'argent, ceux qui réservent pour plus tard, pour quand ils seront riches, leurs *vrais* projets, n'ont pas forcément tort. Ceux qui ne veulent que vivre, et qui appellent vie la liberté la plus grande, la seule poursuite du bonheur, l'exclusif assouvissement de leurs désirs ou de leurs instincts, l'usage immédiat des richesses illimitées du monde – Jérôme et Sylvie avaient fait leur ce vaste programme –, ceux-là seront toujours malheureux. Il est vrai, reconnaissaient-ils, qu'il existe des individus pour lesquels ce genre de dilemme ne se pose pas, ou se pose à peine, qu'ils soient trop pauvres et n'aient pas encore d'autres exigences que celles de manger un peu mieux, d'être un peu mieux logés, de travailler un peu moins, ou qu'ils soient trop riches, au départ, pour comprendre la portée, ou même la signification d'une telle distinction. Mais de nos jours et sous nos climats, de plus en plus de gens ne sont ni riches ni pauvres : ils rêvent de richesse et pourraient s'enrichir : c'est ici que leurs malheurs commencent.

Un jeune homme théorique qui fait quelques études, puis accomplit dans l'honneur ses obligations militaires, se retrouve vers vingt-cinq ans nu comme au premier jour, bien que déjà virtuellement possesseur, de

71

par son savoir même, de plus d'argent qu'il n'a jamais pu en souhaiter. C'est-à-dire qu'il sait avec certitude qu'un jour viendra où il aura son appartement, sa maison de campagne, sa voiture, sa chaîne haute-fidélité. Il se trouve pourtant que ces exaltantes promesses se font toujours fâcheusement attendre : elles appartiennent, de par leur être même, à un processus dont relèvent également, si l'on veut bien y réfléchir, le mariage, la naissance des enfants, l'évolution des valeurs morales, des attitudes sociales et des comportements humains. En un mot, le jeune homme devra s'installer, et cela lui prendra bien quinze ans.

Une telle perspective n'est pas réconfortante. Nul ne s'y engage sans pester. Eh quoi, se dit le jeune émoulu, vais-je devoir passer mes jours derrière ces bureaux vitrés au lieu de m'aller promener dans les prés fleuris, vais-je me surprendre plein d'espoir les veilles de promotions, vais-je supputer, vais-je intriguer, vais-je mordre mon frein, moi qui rêvais de poésie, de trains de nuit, de sables chauds? Et, croyant se consoler, il tombe dans les pièges des ventes à tempérament. Lors, il est pris, et bien pris : il ne lui reste plus qu'à s'armer de patience. Hélas, quand il est au bout de ses peines, le jeune homme n'est plus si jeune, et, comble de malheur, il pourra même lui apparaître que sa vie est derrière lui, qu'elle n'était que son effort, et non son but et, même s'il est trop sage, trop prudent – car sa lente ascension lui aura donné une saine expérience – pour oser se tenir de tels propos, il n'en demeurera pas moins vrai qu'il sera âgé de quarante ans, et que l'aménagement de ses résidences principale et secondaire, et l'éducation de ses enfants, auront suffi à remplir les maigres heures qu'il n'aura pas consacrées à son labeur...

L'impatience, se dirent Jérôme et Sylvie, est une vertu du XXe siècle. A vingt ans, quand ils eurent vu, ou cru voir, ce que la vie pouvait être, la somme de bonheurs qu'elle recelait, les infinies conquêtes qu'elle permettait, etc., ils surent qu'ils n'auraient pas la force d'attendre. Ils pouvaient, tout comme les autres, arriver; mais ils ne voulaient qu'être arrivés. C'est en cela sans doute qu'ils étaient ce qu'il est convenu d'appeler des intellectuels.

Car tout leur donnait tort, et d'abord la vie elle-même. Ils voulaient jouir de la vie, mais, partout autour d'eux, la jouissance se confondait avec la propriété. Ils voulaient rester disponibles, et presque innocents, mais les années s'écoulaient quand même, et ne leur apportaient rien. Les autres finissaient par ne plus voir dans la richesse qu'une fin, mais eux, ils n'avaient pas d'argent du tout.

Ils se disaient qu'ils n'étaient pas les plus malheureux. Ils avaient peut-être raison. Mais la vie moderne excitait leur propre malheur, alors qu'elle effaçait le malheur des autres : les autres étaient dans le droit chemin. Eux n'étaient pas grand-chose : des gagne-petit, des francs-tireurs, des lunatiques. Il est vrai, d'autre part, qu'en un certain sens le temps travaillait pour eux, et qu'ils avaient du monde possible des images qui pouvaient paraître exaltantes. C'était un réconfort qu'ils s'accordaient à trouver piètre.

6

Ils s'étaient installés dans le provisoire. Ils travaillaient comme d'autres font leurs études; ils choisissaient leurs horaires. Ils flânaient comme seuls les étudiants savent flâner.

Mais les dangers les guettaient de toutes parts. Ils auraient voulu que leur histoire soit l'histoire du bonheur; elle n'était, trop souvent, que celle d'un bonheur menacé. Ils étaient encore jeunes, mais le temps passait vite. Un vieil étudiant, c'est quelque chose de sinistre; un raté, un médiocre, c'est plus sinistre encore. Ils avaient peur.

Ils avaient du temps libre; mais le temps travaillait aussi contre eux. Il fallait payer le gaz, l'électricité, le téléphone. Il fallait manger, chaque jour. Il fallait s'habiller, il fallait repeindre les murs, changer les draps, donner le linge à laver, faire repasser les chemises, acheter les chaussures, prendre le train, acheter les meubles.

L'économique, parfois, les dévorait tout entiers. Ils ne cessaient pas d'y penser. Leur vie affective même, dans une large mesure, en dépendait étroitement. Tout donnait à penser que, quand ils étaient un peu riches, quand ils avaient un peu d'avance, leur bonheur commun était indestructible; nulle contrainte ne semblait limiter leur amour. Leurs goûts, leur fantaisie, leur invention, leurs appétits se confondaient dans une liberté identique. Mais ces moments étaient privilégiés; il leur fallait plus souvent lutter : aux premiers signes de déficit, il n'était pas rare qu'ils se dressent l'un contre l'autre. Ils s'affrontaient pour un rien, pour cent francs gaspillés, pour une paire de bas, pour une vaisselle pas faite. Alors, pendant de longues heures, pendant des journées entières, ils ne se parlaient plus. Ils mangeaient l'un en face de l'autre, rapidement, chacun pour soi, sans se regarder. Ils s'asseyaient chacun dans un coin du divan, se tournant à moitié le dos. L'un ou l'autre faisait d'interminables réussites.

Entre eux se dressait l'argent. C'était un mur, une espèce de butoir qu'ils venaient heurter à chaque instant. C'était quelque chose de pire que la misère : la gêne, l'étroitesse, la minceur. Ils vivaient le

76

monde clos de leur vie close, sans avenir, sans autres ouvertures que des miracles impossibles, des rêves imbéciles, qui ne tenaient pas debout. Ils étouffaient. Ils se sentaient sombrer.

Ils pouvaient certes parler d'autre chose, d'un livre récemment paru, d'un metteur en scène, de la guerre, ou des autres, mais il leur semblait parfois que leurs seules *vraies* conversations concernaient l'argent, le confort, le bonheur. Alors le ton montait, la tension devenait plus grande. Ils parlaient, et, tout en parlant, ils ressentaient tout ce qu'il y avait en eux d'impossible, d'inaccessible, de misérable. Ils s'énervaient; ils étaient trop concernés; ils se sentaient mis en cause, implicitement, l'un par l'autre. Ils échafaudaient des projets de vacances, de voyages, d'appartement, et puis les détruisaient, rageusement : il leur semblait que leur vie la plus réelle apparaissait sous son vrai jour, comme quelque chose d'inconsistant, d'inexistant. Alors ils se taisaient, et leur silence était plein de rancœur; ils en voulaient à la vie, et, parfois, ils avaient la faiblesse de s'en vouloir l'un à l'autre; ils pensaient à leurs études gâchées, à leurs vacances sans attrait, à leur vie médiocre, à leur appartement encombré, à leurs rêves impossibles. Ils se regardaient, ils se trouvaient laids, mal habillés, manquant d'aisance, renfrognés. A côté d'eux, dans les rues, les automobiles glissaient lentement. Sur les places, les affiches de néon s'allumaient tour à tour. Aux terrasses des cafés, les gens ressemblaient à des poissons satisfaits. Ils haïssaient le monde. Ils rentraient chez eux, à pied, fatigués. Ils se couchaient sans se dire un mot.

Il suffisait que quelque chose craque, un jour, qu'une agence ferme ses portes, ou qu'on les trouve trop vieux, ou trop irréguliers dans leur travail, ou que l'un d'eux tombe malade, pour que tout s'écroule. Ils n'avaient rien devant eux, rien derrière eux. Ils pensaient souvent à ce sujet d'angoisse. Ils y revenaient sans cesse, malgré eux. Ils se voyaient sans travail pendant des mois entiers, acceptant pour survivre des travaux dérisoires, empruntant, quémandant. Alors, ils avaient, parfois, des instants de désespoir intense : ils rêvaient de bureaux, de places fixes, de journées régulières, de statut défini. Mais ces images renversées les désespéraient peut-être davantage : ils ne parvenaient pas, leur semblait-il, à se reconnaître dans le visage, fût-il resplendissant, d'un sédentaire; ils décidaient qu'ils haïssaient les hiérarchies,. et que les solutions, miraculeuses ou non, viendraient d'ailleurs, du monde, de l'Histoire. Ils continuaient leur vie cahotante :

elle correspondait à leur pente naturelle. Dans un monde plein d'imperfections, elle n'était pas, ils s'en assuraient sans mal, la plus imparfaite. Ils vivaient au jour le jour; ils dépensaient en six heures ce qu'ils avaient mis trois jours à gagner; ils empruntaient souvent; ils mangeaient des frites infâmes, fumaient ensemble leur dernière cigarette, cherchaient parfois pendant deux heures un ticket de métro, portaient des chemises réformées, écoutaient des disques usés, voyageaient en stop, et restaient, encore assez fréquemment, cinq ou six semaines sans changer de draps. Ils n'étaient pas loin de penser que, somme toute, cette vie avait son charme.

7

Quand, ensemble, ils évoquaient leur vie, leurs mœurs, leur avenir, quand, avec une sorte de frénésie, ils se livraient tout entiers à la débauche des mondes meilleurs, ils se disaient parfois, avec une mélancolie un peu plate, qu'ils n'avaient pas les idées claires. Ils posaient sur le monde un regard brouillé, et la lucidité dont ils se réclamaient s'accompagnait souvent de fluctuations incertaines, d'accommodements ambigus et de considérations variées, qui tempéraient, minimisaient, ou dévalorisaient même, une bonne volonté pourtant évidente.

Il leur semblait que c'était là une voie, ou une absence de voie, qui les définissait parfaitement, et pas seulement eux, mais tous ceux de leur âge. Des générations précédentes, se disaient-ils parfois, avaient sans doute pu parvenir à une conscience plus précise à la fois d'elles-mêmes et du monde qu'elles habitaient. Ils auraient peut-être aimé avoir eu vingt ans pendant la guerre d'Espagne, ou pendant la Résistance : à vrai dire, ils en parlaient à leur aise; il leur semblait que les problèmes qui se posaient alors, les problèmes qu'ils s'imaginaient devoir s'être posés, étaient plus clairs, même si la nécessité d'y répondre s'était révélée plus contraignante; eux n'avaient affaire qu'à des questions piégées.

C'était une nostalgie un peu hypocrite : la guerre d'Algérie avait commencé avec eux, elle continuait sous leurs yeux. Elle ne les affectait qu'à peine; ils agissaient parfois, mais ils se sentaient rarement obligés d'agir. Longtemps, ils ne pensèrent pas que leur vie, leur avenir, leurs conceptions puissent un jour s'en trouver bouleversés. Ceci avait été, jadis, partiellement vrai : leurs années d'étudiants les avaient vus participer, d'une façon plus spontanée, et souvent presque enthousiaste, aux meetings et manifestations de rue qui avaient marqué le début de la guerre, les rappels de réservistes, et, surtout, l'avènement du gaullisme. Un rapport presque immédiat s'établissait alors entre ces actions, pour limitées qu'elles fussent, et l'objet auquel elles s'appliquaient. Et l'on n'aurait pu sérieusement leur reprocher de s'être, en l'occurrence, trompés : la guerre continua, le gaullisme s'installa, Jérôme et Sylvie abandonnèrent leur études. Dans les milieux de la publicité, généralement situés, d'une façon quasi mythologique, à gauche, mais plus aisément définissables par le technocratisme, le culte de l'efficience, de la modernité, de la complexité, le goût de la spéculation prospective, la tendance plutôt démagogique à la sociologie, et l'opinion, encore assez répandue, que les neuf dixièmes des gens étaient des cons tout juste capables de chanter en chœur les louanges de n'importe quoi ou de n'importe qui, dans les milieux de la publicité, donc, il était de bon ton de mépriser toute politique à la petite semaine, et de n'embrasser l'Histoire que par siècles. Il se trouva, d'ailleurs, qu'en tout état de cause le gaullisme était une réponse adéquate, infiniment plus dynamique que ce que l'on avait d'abord partout proclamé qu'il serait, et dont le danger était chaque fois ailleurs que là où on croyait le trouver.

La guerre continuait pourtant, même si elle ne leur semblait être qu'un épisode, qu'un fait presque secondaire. Certes, ils avaient mauvaise conscience. Mais, en fin de compte, ils ne se sentaient plus responsables que dans la mesure où ils se souvenaient avoir jadis été concernés, ou bien parce qu'ils adhéraient, presque par habitude, à des impératifs moraux d'une portée très générale. Ils auraient pu mesurer, à cette indifférence, la vanité, ou peut-être même la veulerie, d'un bon nombre de leurs ardeurs. Mais là n'était pas la question : ils avaient vu, presque avec surprise, quelques-uns de leurs anciens amis se lancer, timidement ou à corps perdu, dans l'aide au F.L.N. Ils avaient mal compris pourquoi, ne parvenant à prendre au sérieux ni une explication romantique, qui les amusait plutôt, ni une explication politique, qui leur échappait presque complètement. Ils avaient, quant à eux, résolu le problème d'une façon beaucoup plus simple : Jérôme et trois de ses amis, s'aidant d'appuis précieux et de certificats de complaisance, réussirent à temps à se faire réformer.

C'est la guerre d'Algérie pourtant, et elle seule, qui, pendant presque deux ans, les protégea d'eux-mêmes. Ils auraient pu, après tout, vieillir plus mal, ou plus vite. Mais ce n'est ni à leur décision, ni à leur volonté, ni même, quoi qu'ils aient pu en dire, à leur sens de l'humour, qu'ils durent d'échapper, quelque temps encore, à un avenir qu'ils peignaient complaisamment aux couleurs les plus sombres. Les événements qui, en 1961 et en 1962, du putsch d'Alger aux morts de Charonne, marquèrent la fin de la guerre, leur firent oublier, ou plutôt mettre entre parenthèses, momentanément, mais avec une efficacité singulière, leurs préoccupations coutumières. Les pronostics les plus pessimistes, la peur de ne jamais s'en sortir, de finir dans le vaseux, dans l'étriqué, apparurent, certains jours, comme beaucoup moins redoutables que ce qui se passait sous leurs yeux, que ce qui les menaçait chaque jour.

Ce fut une époque triste et violente. Des ménagères stockaient les kilos de sucre, les bouteilles d'huile, les boîtes de thon, de café, de lait concentré. Des escouades de gardes mobiles, casqués, vêtus de cirés noirs, chaussés de brodequins, le mousqueton à la main, longeaient lentement le boulevard Sébastopol.

Parce qu'à l'arrière de leurs voitures traînaient souvent quelques vieux numéros de journaux dont il y avait tout lieu de croire que certains esprits chatouilleux les trouveraient démoralisateurs, subversifs, ou simplement libéraux – *le Monde*, *Libération*, *France-Observateur* – il arrivait même à Jérôme, à Sylvie ou à leurs amis d'éprouver des craintes furtives et d'avoir des phantasmes inquiétants : on les épiait, on leur tendait un piège : cinq légionnaires avinés leur tombaient sur le poil et les laissaient pour morts sur le pavé humide, au tournant d'une rue noire dans un quartier mal famé...

Cette irruption du martyre dans leur vie quotidienne, qui tournait parfois à l'obsession et qui, leur semblait-il, était caractéristique d'une certaine attitude collective, donnait aux jours, aux événements, aux pensées, une coloration particulière. Des images de sang, d'explosion, de violence, de terreur, les accompagnaient en tout temps. Il pouvait sembler, certains jours, qu'ils étaient prêts à tout; mais, le lendemain, la vie était fragile, l'avenir sombre. Ils rêvaient d'exil, de campagnes, de lentes croisières. Ils auraient aimé vivre en Angleterre, où la police a la réputation d'être respectueuse de la personne humaine. Et, pendant tout l'hiver, au fur et à mesure que l'on s'acheminait vers le cessez-le-feu, ils rêvèrent du printemps à venir, des vacances à venir, de l'année suivante, lorsque, comme disaient les journaux, se seraient apaisées les passions fratricides, lorsqu'il serait à nouveau possible de flâner, de se promener dans la nuit, le cœur tranquille, le corps sain et sauf.

La pression des événements les amena à prendre position. Certes, leur engagement ne fut qu'épidermique; à aucun moment, ils ne se sentirent fondamentalement concernés; leur conscience politique, pour autant qu'elle existât en tant que telle, comme forme organisée et réflexive, et non comme magma d'opinions plus ou moins orientées, se situait, pensaient-ils, en deçà ou au-delà du problème algérien, au niveau de choix plus utopiques que réels, au niveau de débats généraux qui n'avaient guère de chances, ils le reconnaissaient tout en le regrettant, de déboucher sur une pratique concertée. Néanmoins, ils entrèrent au Comité antifasciste qui venait de se créer dans leur quartier. Ils se levèrent quelquefois, à cinq heures du matin, pour aller, avec trois ou quatre autres, coller des affiches appelant les gens à se montrer vigilants, dénonçant les coupables et les complices, stigmatisant les lâches attentats, honorant les victimes innocentes. Ils firent passer des pétitions dans toutes les maisons de leur rue, ils allèrent, trois ou quatre fois, monter la garde dans des immeubles menacés.

Ils prirent part à quelques manifestations. Ces jours-là, les autobus roulaient sans plaques, les cafés fermaient tôt, les gens se dépêchaient de rentrer. Toute la journée, ils avaient peur. Ils sortaient, mal à l'aise. Il était cinq heures, une pluie fine tombait. Ils regardaient les autres manifestants avec des petits sourires crispés, cherchaient leurs amis, essayaient de parler d'autre chose. Puis les cortèges se formaient, s'ébranlaient, s'arrêtaient. Du milieu de leur foule, ils voyaient, devant eux, une grande zone d'asphalte humide et lugubre, puis, sur toute la largeur du boulevard, la ligne noire, épaisse, des C.R.S. Des files de camions bleu nuit, aux vitres grillagées, passaient au loin. Ils piétinaient, se tenant la main, moites de sueur, osaient à peine crier, se dispersaient en courant au premier signal.

Ce n'était pas grand-chose. Ils en étaient les premiers conscients et se demandaient souvent, au milieu de la cohue, ce qu'ils faisaient là, dans le froid, sous la pluie, dans ces quartiers sinistres – la Bastille, la Nation, l'Hôtel de Ville. Ils auraient aimé que quelque chose leur prouve que ce qu'ils faisaient était important, nécessaire, irremplaçable, que leurs efforts peureux avaient un sens pour eux, étaient quelque chose dont ils avaient besoin, quelque chose qui pouvait les aider à se connaître, à se transformer, à vivre. Mais non; leur vraie vie était ailleurs, dans un avenir proche ou lointain, plein de menaces lui aussi, mais de menaces plus subtiles, plus sournoises : des pièges impalpables, des rets enchantés.

L'attentat d'Issy-les-Moulineaux et la brève manifestation qui lui fit suite marquèrent la fin de leurs activités militantes.

Le Comité antifasciste de leur quartier se réunit encore une fois et prit l'engagement d'intensifier son action. Mais, à la veille des vacances, la simple vigilance semblait même n'avoir plus de raison d'être.

8

Ils n'auraient su dire exactement ce qui avait changé avec la fin de la guerre. Il leur sembla longtemps que la seule impression qu'ils pouvaient ressentir était celle d'un achèvement, d'une fin, d'une conclusion. Non pas un *happy end*, non pas un coup de théâtre, mais, au contraire, une fin languissante, mélancolique, laissant derrière elle un sentiment de vide, d'amertume, noyant dans l'ombre les souvenirs. Du temps s'était traîné, s'était enfui; un âge était révolu; la paix était revenue, une paix qu'ils n'avaient jamais connue; la guerre s'achevait. Sept années d'un seul coup basculaient dans le passé : leurs années d'étudiants, les années de leurs rencontres, les meilleures années de leur vie.

Peut-être rien n'avait-il changé. Il leur arrivait encore de se mettre à leurs fenêtres, de regarder la cour, les petits jardins, le marronnier, d'écouter chanter les oiseaux. D'autres livres, d'autres disques étaient venus s'empiler sur les étagères branlantes. Le diamant de l'électrophone commençait à être usé.

Leur travail était toujours le même : ils refaisaient les mêmes enquêtes que trois ans auparavant : Comment vous rasez-vous? Cirez-vous vos chaussures? Ils avaient vu et revu des films, fait quelques voyages, découvert d'autres restaurants. Ils avaient acheté des chemises et des chaussures, des chandails et des jupes, des assiettes, des draps, des babioles.

Ce qu'il y avait de nouveau était tellement insidieux, tellement flou, tellement lié à leur unique histoire, à leurs rêves. Ils étaient là. Ils avaient vieilli, oui. Ils avaient l'impression, certains jours, qu'ils n'avaient pas encore commencé à vivre. Mais, de plus en plus, la vie qu'ils menaient leur semblait fragile, éphémère, et ils se sentaient sans force, comme si l'attente, la gêne, l'étroitesse les avaient usés, comme si tout avait été naturel : les désirs inassouvis, les joies imparfaites, le temps perdu.

Ils auraient voulu, parfois, que tout dure, que rien ne bouge. Ils n'auraient qu'à se laisser aller. Leur vie les bercerait. Elle s'étendrait au fil des mois, tout au long des années, sans changer, presque, sans jamais les contraindre. Elle ne serait que la suite harmonieuse des journées et des nuits, une modulation presque imperceptible, la reprise incessante des mêmes thèmes, un bonheur continu, une saveur perpétuée que nul bouleversement, nul événement tragique, nulle péripétie ne remettraient en question.

D'autres fois, ils n'en pouvaient plus. Ils voulaient se battre, et vaincre. Ils voulaient lutter, conquérir leur bonheur. Mais comment lutter? Contre qui? Contre quoi? Ils vivaient dans un monde étrange et chatoyant, l'univers miroitant de la civilisation mercantile, les prisons de l'abondance, les pièges fascinants du bonheur.

Où étaient les dangers? Où étaient les menaces? Des millions d'hommes, jadis, se sont battus, et même se battent encore, pour du pain. Jérôme et Sylvie ne croyaient guère que l'on pût se battre pour des divans Chesterfield. Mais c'eût été pourtant le mot d'ordre qui les aurait le plus facilement mobilisés. Rien ne les concernait, leur semblait-il, dans les programmes, dans les plans : ils se moquaient des retraites avancées, des vacances allongées, des repas de midi gratuits, des semaines de trente heures. Ils voulaient la surabondance; ils rêvaient de platines Clément, de plages désertes pour eux seuls, de tours du monde, de palaces.

L'ennemi était invisible. Ou, plutôt, il était en eux, il les avait pourris, gangrenés, ravagés. Ils étaient les dindons de la farce. De petits êtres dociles, les fidèles reflets du monde qui les narguait. Ils étaient enfoncés jusqu'au cou dans un gâteau dont ils n'auraient jamais que les miettes.

Longtemps les crises qu'ils avaient traversées n'avaient entamé qu'à peine leur bonne humeur. Elles ne leur semblaient pas fatales; elles ne remettaient rien en cause. Ils se disaient souvent que l'amitié les protégeait. La cohésion du groupe constituait une garantie sûre, un point de repère stable, une force sur laquelle ils pouvaient compter. Ils sentaient qu'ils avaient raison parce qu'ils se savaient solidaires, et ils n'aimaient rien tant que d'être réunis chez l'un ou chez l'autre, certaines fins de mois particulièrement difficiles, attablés devant une potée de pommes de terre au lard, et partageant, le plus fraternellement possible, leurs dernières cigarettes.

Mais les amitiés, aussi, s'effilochaient. Certains soirs, dans le champ clos de leurs pièces exiguës, les couples réunis s'affrontaient du regard et de la voix. Certains soirs, ils comprenaient enfin que leur si belle amitié, leur vocabulaire presque initiatique, leurs gags intimes, ce monde commun, ce langage commun, ces gestes communs qu'ils avaient forgés, ne renvoyaient à rien : c'était un univers ratatiné, un monde à bout de souffle qui ne débouchait sur rien. Leur vie n'était pas conquête, elle était effritement, dispersion. Ils se rendaient compte, alors, à quel point ils étaient condamnés à l'habitude, à l'inertie. Ils s'ennuyaient ensemble, comme si, entre eux, il n'y avait jamais eu que le vide. Longtemps, les jeux de mots, les beuveries, les balades en forêts, les grands repas, les longues discussions autour d'un film, les projets, les racontars leur avaient tenu lieu d'aventure, d'histoire, de vérité. Mais ce n'étaient que des phrases creuses, des gestes vides, sans densité, sans ouverture, sans avenir, des mots mille fois répétés, des mains mille fois serrées, un rituel qui ne les protégeait plus.

Pendant une heure alors, ils tentaient de se mettre d'accord sur le film qu'ils iraient voir. Ils parlaient pour ne rien dire, ils jouaient aux devinettes ou aux portraits chinois. Chaque couple, resté seul, parlait amèrement des autres, et parfois d'eux-mêmes; ils évoquaient avec nostalgie leur jeunesse passée; ils se souvenaient d'avoir été enthousiastes, spontanés, riches de projets vrais, d'images somptueuses, de désirs. Ils rêvaient d'amitiés nouvelles; mais ils ne parvenaient qu'à peine à les imaginer.

Lentement, mais avec une évidence inexorable, le groupe se disloqua. Avec une soudaineté parfois brutale, en quelques semaines à peine, il devenait évident pour certains que plus jamais la vie d'antan ne serait possible. La lassitude était trop forte. Le monde alentour trop exigeant. Ceux qui avaient vécu dans des chambres sans eau, qui avaient déjeuné d'un quart de baguette, qui avaient cru vivre comme bon leur semblait, ceux qui avaient tiré la corde sans que jamais elle casse, un beau jour prenaient racine; presque naturellement, presque objectivement, la tentation s'imposait d'un travail stable, d'un poste solide, de primes, de mois doubles.

L'un après l'autre, presque tous les amis succombèrent. Au temps de la vie sans amarres succédaient les temps de la sécurité. Nous ne pouvons pas, disaient-ils, continuer toute notre vie comme ça. Et ce *comme ça* était un geste vague, tout à la fois : la vie de patachon, les nuits trop brèves, les patates, les vestes élimées, les corvées, les métros.

Petit à petit, sans y prendre vraiment garde, Jérôme et Sylvie se retrouvèrent presque seuls. L'amitié n'était possible, leur semblait-il, que quand ils se tenaient les coudes, quand ils menaient la même vie. Mais qu'un couple soudain acquière ce qui pour l'autre était presque la fortune, ou la promesse d'une fortune à venir, et que l'autre, en retour, privilégie sa liberté conservée, c'étaient deux mondes qui semblaient s'affronter. Ce n'étaient plus des brouilles passagères, mais des failles, des scissures profondes, des blessures qui ne se refermaient pas d'elles-mêmes. Une méfiance, qui, quelques mois auparavant, aurait été impossible, s'instaurait dans leurs rencontres. Ils se parlaient du bout des lèvres; ils semblaient à tout instant se lancer des défis.

Jérôme et Sylvie furent sévères, furent injustes. Ils parlèrent de trahison, d'abdication. Ils se plurent à assister aux ravages foudroyants que l'argent, disaient-ils, creusait chez ceux qui lui avaient tout sacrifié, et auxquels, pensaient-ils, ils échappaient encore. Ils virent leurs anciens amis s'installer, presque sans peine, presque trop bien, dans une hiérarchie rigide, et adhérer, sans recul, au monde dans lequel ils entraient. Ils les virent s'aplatir, s'insinuer, se prendre au jeu de leur pouvoir, de leur influence, de leur responsabilité. A travers eux ils croyaient découvrir l'exact envers de leur propre monde : celui qui justifiait, en bloc, l'argent, le travail, la publicité, les compétences, un monde qui valorisait l'expérience, un monde qui les niait, le monde sérieux des cadres, le monde de la puissance : ils n'étaient pas loin de penser que leurs anciens amis étaient en train de se faire avoir.

Ils ne méprisaient pas l'argent. Peut-être, au contraire, l'aimaient-ils trop : ils auraient aimé la solidité, la certitude, la voie limpide vers le futur. Ils étaient attentifs à tous les signes de la permanence : ils voulaient être riches. Et s'ils se refusaient encore à s'enrichir, c'est qu'ils n'avaient plus besoin de salaire : leur imagination, leur culture ne les autorisaient qu'à penser en millions.

Ils se promenaient souvent le soir, humaient le vent, léchaient les vitrines. Ils laissaient derrière eux le Treizième tout proche, dont ils ne connaissaient guère que l'avenue des Gobelins, à cause de ses quatre cinémas, évitaient la sinistre rue Cuvier, qui ne les eût conduits qu'aux abords plus sinistres encore de la gare d'Austerlitz, et empruntaient, presque invariablement, la rue Monge, puis la rue des Ecoles, gagnaient Saint-Michel, Saint-Germain, et, de là, selon les jours ou les saisons, le Palais-Royal, l'Opéra, ou la gare Montparnasse, Vavin, la rue d'Assas, Saint-Sulpice, le Luxembourg. Ils marchaient lentement. Ils s'arrêtaient devant chaque antiquaire, collaient leurs yeux aux devantures obscures, distinguaient, à travers les grilles, les reflets rougeâtres d'un canapé de cuir, le décor de feuillage d'une assiette ou d'un plat en faïence, la luisance d'un verre taillé ou d'un bougeoir de cuivre, la finesse galbée d'une chaise cannée.

De station en station, antiquaires, libraires, marchands de disques, cartes des restaurants, agences de voyages, chemisiers, tailleurs, fromagers, chausseurs, confiseurs, charcuteries de luxe, papetiers, leurs itinéraires composaient leur véritable univers : là reposaient leurs ambitions, leurs espoirs. Là était la vraie vie, la vie qu'ils voulaient connaître, qu'ils voulaient mener : c'était pour ces saumons, pour ces tapis, pour ces cristaux, que, vingt-cinq ans plus tôt, une employée et une coiffeuse les avaient mis au monde.

Lorsque, le lendemain, la vie, de nouveau, les broyait, lorsque se remettait en marche la grande machine publicitaire dont ils étaient les pions minuscules, il leur semblait qu'ils n'avaient pas tout à fait oublié les merveilles estompées, les secrets dévoilés de leur fervente quête nocturne. Ils s'asseyaient en face de ces gens qui croient aux marques, aux slogans, aux images qui leur sont proposés, et qui mangent de la graisse de bœuf équarri en trouvant délicieux le parfum végétal et l'odeur de noisette (mais eux-mêmes, sans trop savoir pourquoi, avec le sentiment curieux, presque inquiétant, que quelque chose leur échappait, ne trouvaient-ils pas belles certaines affiches, formidables certains slogans, géniaux certains films-annonces ?). Ils s'asseyaient et ils mettaient en marche leurs magnétophones, ils disaient hm hm avec le ton qu'il fallait, ils truquaient leurs interviews, ils bâclaient leurs analyses, ils rêvaient, confusément, d'autre chose.

9

Comment faire fortune? C'était un problème insoluble. Et pourtant, chaque jour, semblait-il, des individus isolés parvenaient, pour leur propre compte, à parfaitement le résoudre. Et ces exemples à suivre, éternels garants de la vigueur intellectuelle et morale, de la France, aux visages souriants et avisés, malins, volontaires, pleins de santé, de décision, de modestie, étaient autant d'images pieuses pour la patience et la gouverne des autres, ceux qui stagnent, piétinent, rongent leur frein, mordent la poussière.

Ils savaient tout de l'ascension de ces chéris de la Fortune, chevaliers d'industrie, polytechniciens intègres, requins de la finance, littérateurs sans ratures, globetrotters pionniers, marchands de soupe en sachets, prospecteurs de banlieue, crooners, play-boys, chercheurs d'or, brasseurs de millions. Leur histoire était simple. Ils étaient encore jeunes et étaient restés beaux, avec la petite lueur de l'expérience au fond de l'œil, les tempes grises des années noires, le sourire ouvert et chaleureux qui cachait les dents longues, les pouces opposables, la voix charmeuse.

Ils se voyaient bien dans ces rôles. Ils auraient trois actes au fond d'un tiroir. Leur jardin contiendrait du pétrole, de l'uranium. Ils vivraient longtemps dans la misère, dans la gêne, dans l'incertitude. Ils rêveraient de prendre, ne serait-ce qu'une seule fois, le métro en première. Et puis, soudain, brutale, échevelée, inattendue, éclatant comme un tonnerre : la fortune! Leur pièce serait acceptée, leur gisement découvert, leur génie confirmé. Les contrats tomberaient à la pelle et ils allumeraient leurs havanes avec des billets de mille.

Ce serait une matinée comme les autres. Sous la porte d'entrée on aurait glissé trois enveloppes, longues et étroites, aux entêtes imposants, gravés, en relief, aux suscriptions précises et régulières, frappées sur une I.B.M. direction. Leurs mains trembleraient un peu en les ouvrant : ce serait trois chèques, avec des ribambelles de chiffres. Ou bien, une lettre :

« Monsieur,

« M. Podevin, votre oncle, étant mort *ab intestat...* » et ils se passeraient la main sur le visage, doutant de leurs yeux, croyant rêver encore; ils ouvriraient la fenêtre toute grande.

Ainsi rêvaient-ils, les imbéciles heureux : d'héritages, de gros lot, de tiercé. La banque de Monte-Carlo sautait; dans un wagon désert, une sacoche oubliée dans un filet; des liasses de gros billets; dans une douzaine d'huîtres, un collier de perles. Ou bien, une paire de fauteuils Boulle chez un paysan illettré du Poitou.

De grands élans les emportaient. Parfois, pendant des heures entières, pendant des journées, une envie frénétique d'être riches, tout de suite, immensément, à jamais, s'emparait d'eux, ne les lâchait plus. C'était un désir fou, maladif, oppressant, qui semblait gouverner le moindre de leurs gestes. La fortune devenait leur opium. Ils s'en grisaient. Ils se livraient sans retenue aux délires de l'imaginaire. Partout où ils allaient, ils n'étaient plus attentifs qu'à l'argent. Ils avaient des cauchemars de millions de joyaux.

Ils fréquentaient les grandes ventes de

Drouot, de Galliera. Ils se mêlaient aux messieurs qui, un catalogue à la main, examinaient les tableaux. Ils voyaient se disperser des pastels de Degas, des timbres rares, des pièces d'or stupides, des éditions fragiles de La Fontaine ou de Crébillon somptueusement reliées par Lederer, d'admirables meubles à l'estampille de Claude Séné ou d'Œhlenberg, des tabatières d'or et d'émail. Le commissaire-priseur les présentait à la ronde; quelques personnes à l'air grave venaient les flairer; un murmure passait dans la salle. Les enchères commençaient. Les prix grimpaient. Puis le marteau retombait, c'était fini, l'objet disparaissait, cinq ou dix millions passaient à portée de leurs mains.

Ils en suivaient, parfois, les acquéreurs; ces heureux mortels n'étaient le plus souvent que des sous-ordres, des commis d'antiquaires, des secrétaires particuliers, des hommes de paille. Ils les amenaient au seuil de maisons austères, voie Oswaldo-Cruz, boulevard Beauséjour, rue Maspéro, rue Spontini, villa Saïd, avenue du Roule. Au-delà des grilles, des buissons de buis, des allées de gravier, des rideaux parfois imparfaitement tirés laissaient entrevoir des grandes pièces à peine claires : ils distinguaient les vagues contours des divans et des fauteuils, les taches imprécises d'une toile impressionniste. Et ils rebroussaient chemin, pensifs, irrités.

Un jour, même, ils rêvèrent de voler. Ils s'imaginèrent longuement, vêtus de noir, une minuscule lampe électrique à la main, une pince, un diamant de vitrier dans leur poche, pénétrant, la nuit tombée, dans un immeuble, gagnant les caves, forçant la serrure primaire d'un monte-charge, atteignant les cuisines. Ce serait l'appartement d'un diplomate en mission, d'un financier véreux aux goûts néanmoins parfaits, d'un grand dilettante, d'un amateur éclairé. Ils en connaîtraient les moindres recoins. Ils sauraient où trouver la petite Vierge du douzième, le panneau ovale de Sebastiano del Piombo, le lavis de Fragonard, les deux petits Renoir, le petit Boudin, l'Atlan, le Max Ernst, le de Stael, les monnaies, les boîtes à musique, les drageoirs, les pièces d'argenterie, les faïences de Delft. Leurs gestes seraient précis et décidés, comme s'ils les avaient maintes fois répétés. Ils se déplaceraient sans hâte, sûrs d'eux, efficaces, imperturbables, flegmatiques, Arsène Lupin des temps modernes. Pas un muscle de leur visage ne tressaillirait. Une à une, les vitrines seraient fracturées; une à une, les toiles décrochées du mur, déclouées de leurs cadres.

En bas les attendrait leur voiture. Ils auraient fait le plein la veille. Leurs passeports seraient en règle. Depuis longtemps, ils se seraient préparés à partir. Leurs malles les attendraient à Bruxelles. Ils prendraient la route de Belgique, passe-raient la frontière sans encombre. Puis, petit à petit, sans précipitation, au Luxem-bourg, à Anvers, à Amsterdam, à Londres, aux Etats-Unis, en Amérique du Sud, ils revendraient leur butin. Ils feraient le tour du monde. Ils erreraient longtemps, au gré de leur plaisir. Ils se fixeraient enfin dans un pays au climat agréable. Ils achèteraient quelque part, aux bords des lacs italiens, à Dubrovnik, aux Baléares, à Céfalu, une grande maison de pierres blanches, perdue au milieu d'un parc.

Ils n'en firent rien, bien sûr. Ils n'achetè-rent même pas un billet de la Loterie nationale. Tout au plus mirent-ils dans leurs parties de poker – qu'ils découvraient alors et qui était en passe de devenir l'ultime refuge de leurs amitiés fatiguées – un acharnement qui, à certains instants, pouvait paraître suspect. Ils jouèrent, cer-taines semaines, jusqu'à trois ou quatre parties, et chacune les tenait éveillés jus-qu'aux premières heures du jour. Ils jouaient petit jeu, si petit jeu, qu'ils n'avaient que l'avant-goût du risque et que l'illusion du gain. Et pourtant, quand, avec deux maigres paires, ou, mieux encore, avec une fausse couleur, ils avaient jeté sur la table, d'un seul coup, un gros tas de jetons valant, au bas mot, trois cents francs (anciens), et ramassé le pot, quand ils avaient fait pour six cents francs de papiers, les avaient perdus en trois coups, les avaient regagnés, et bien plus, en six, un petit sourire triomphant passait sur leur visage : ils avaient forcé la chance; leur mince courage avait porté ses fruits; ils n'étaient pas loin de se sentir héroïques.

10

Une enquête agricole les mena dans la France entière. Ils allèrent en Lorraine, en Saintonge, en Picardie, en Beauce, en Limagne. Ils virent des notaires de vieille souche, des grossistes dont les camions sillonnaient le quart de la France, des industriels prospères, des gentlemen-farmers qu'escortait en tout temps une meute de grands chiens roux et de facto-tums aux aguets.

Les greniers regorgaient de blé; dans les grandes cours pavées, les tracteurs ruti-lants faisaient face aux voitures noires des maîtres. Ils traversaient le réfectoire des ouvriers, la gigantesque cuisine où s'affai-raient quelques femmes, la salle commune au plancher jauni, où nul ne se déplaçait que sur des patins de feutre, avec sa che-minée imposante, le poste de télévision, les fauteuils à oreilles, les huches de chêne clair, les cuivres, les étains, les faïences. Au bout d'un corridor étroit, tout imprégné d'odeurs, une porte s'ouvrait sur le bureau. C'était une pièce presque petite à force d'être encombrée. A côté d'un vieux téléphone à manivelle, accroché au mur, un planning résumait la vie de l'exploitation, les emblavages, les projets, les devis, les échéances; un tracé éloquent témoignait de rendements records. Sur une table surchargée de quittances, de feuilles de paye, de mémoires et de paperasses, un registre relié de toile noire, ouvert à la date du jour, laissait voir les longues colonnes d'une comptabilité florissante. Des diplômes encadrés – taureaux, vaches laitières, truies primées – voisinaient avec des fragments de cadastres, avec des cartes d'état-major, des photos de troupeaux et de basses-cours, des prospectus en quadrichromie de tracteurs, de batteuses, d'arracheuses, de semoirs.

C'est là qu'ils branchaient leurs magnétophones. Ils s'enquéraient gravement de l'insertion de l'agriculture dans la vie moderne, des contradictions de l'exploitation rurale française, du fermier de demain, du Marché commun, des décisions gouvernementales en matière de blé et de betterave, de la stabulation libre et de la parité des prix. Mais leur esprit était ailleurs. Ils se voyaient aller et venir dans la maison désertée. Ils montaient des escaliers cirés, pénétraient dans des chambres aux volets clos qui sentaient le remugle. Sous des housses de toile bise reposaient des meubles vénérables. Ils ouvraient des placards hauts de trois mètres, pleins de draps parfumés à la lavande, de bocaux, d'argenterie.

Dans la pénombre des greniers, ils découvraient d'insoupçonnables trésors. Dans les caves interminables, les attendaient les foudres et les barriques, les jarres pleines d'huile et de miel, les tonneaux de salaisons, les jambons fumés au genièvre, les tonnelets de marc.

Ils déambulaient dans les buanderies sonores, dans les soutes à bois, dans les soutes à charbon, dans les fruiteries où, sur des claies superposées, s'alignaient sans fin pommes et poires, dans les laiteries aux odeurs sures où s'amoncelaient les mottes de beurre frais glorieusement marquées d'une empreinte humide, les bidons de lait, les jattes de crème fraîche, de fromage blanc, de cancoillotte.

Ils traversaient des étables, des écuries, des ateliers, des forges, des hangars, des fours où cuisaient d'énormes miches, des silos gonflés de sacs, des garages.

Du sommet du château d'eau, ils voyaient la ferme tout entière, enserrant sur ses quatre côtés la grande cour pavée, avec ses deux portails en ogive, la basse-cour, la porcherie, le potager, le verger, la route bordée de platanes qui menait à la Nationale et, tout autour, à l'infini, les grandes stries jaunes des champs de blé, les futaies, les taillis, les pacages, les traces noires, rectilignes, des routes, sur lesquelles, parfois, filait le scintillement d'une voiture, et la ligne sinueuse des peupliers longeant une rivière encaissée, presque invisible, se perdant à l'horizon vers des collines brumeuses.

Alors, par bouffées, survenaient d'autres mirages. C'étaient des marchés immenses, d'interminables galeries marchandes, des restaurants inouïs. Tout ce qui se mange et tout ce qui se boit leur était offert. C'étaient des caisses, des cageots, des couffins, des paniers, débordant de grosses pommes jaunes ou rouges, de poires oblongues, de raisins violets. C'étaient des étalages de mangues et de figues, de melons et de pastèques, de citrons, de grenades, des sacs d'amandes, de noix, de pistaches, des caissettes de raisins de Smyrne et de Corinthe, de banane séchées, de fruits confits, de dattes sèches jaunes et translucides.

Il y avait des charcuteries, temples aux mille colonnes aux plafonds surchargés de jambons et de saucisses, antres sombres où s'entassaient des montagnes de rillettes, des boudins lovés comme des cordages, des barils de choucroute, d'olives violacées, d'anchois au sel, de concombres doux.

Ou bien, de chaque côté d'une rue, une double haie de cochons de lait, de sangliers pendus par les pieds, de quartiers de bœuf, de lièvres, d'oies grasses, de chevreuils aux yeux vitreux.

Ils traversaient des épiceries pleines d'odeurs délicieuses, des pâtisseries mirifiques où s'alignaient les tartes par centaines, des cuisines resplendissantes aux mille chaudrons de cuivre.

Ils sombraient dans l'abondance. Ils laissaient se dresser des Halles colossales. Devant eux surgissaient des paradis de jambons, de fromages, d'alcools. Des tables toutes dressées s'offraient, parées de nappes éclatantes, de fleurs semées à profusion, couvertes de cristaux et de vaisselles précieuses. Il y avait, par dizaines, des pâtés en croûte, des terrines, des saumons, des brochets, des truites, des homards, des gigots enrubannés aux manches de corne et d'argent, des lièvres et des cailles, des sangliers fumants, des fromages gros comme des meules, des armées de bouteilles.

Des locomotives apparaissaient, traînant des wagons chargés de vaches grasses; des camions de brebis bêlantes se garaient, des casiers de langoustes étaient empilés en pyramide. Des millions de pains sortaient de milliers de fours. Des tonnes de café étaient déchargées des navires.

Puis, plus loin encore – et ils fermaient à demi les yeux –, au milieu des forêts et des pelouses, le long des rivières, aux portes des déserts, ou surplombant la mer, sur de vastes places pavées de marbre, ils voyaient se dresser des cités de cent étages.

Ils longeaient les façades d'acier, de bois rares, de verre, de marbre. Dans le hall central, le long d'un mur de verre taillé qui renvoyait dans la cité tout entière des millions d'arcs-en-ciel, jaillissait du cinquantième étage une cascade qu'entouraient les vertigineuses spirales de deux escaliers d'aluminium.

Des ascenseurs les emportaient. Ils suivaient des corridors en méandres, gravissaient des marches de cristal, arpentaient des galeries baignées de lumière, où s'alignaient, à perte de vue, des statues et des fleurs, où coulaient des ruisseaux limpides, sur des lits de galets multicolores.

Des portes s'ouvraient devant eux. Ils découvraient des piscines en plein ciel, des patios, des salles de lecture, des chambres silencieuses, des théâtres, des volières, des jardins, des aquariums, des musées minuscules, conçus à leur unique usage, où s'offraient, aux quatre angles d'une petite pièce aux pans coupés, quatre portraits flamands. Des salles n'étaient que rochers, d'autres n'étaient que jungles; dans d'autres, la mer venait se briser; dans d'autres encore, des paons se promenaient. Du plafond d'une salle circulaire, pendaient des milliers d'oriflammes. Des labyrinthes inépuisables résonnaient de musiques suaves; une salle aux formes extravagantes n'avait d'autres fonctions, semblait-il, que de déclencher d'interminables échos; le sol d'une autre, selon les heures du jour, reproduisait le schéma variable d'un jeu très compliqué.

Dans les sous-sols immenses, à perte de vue, œuvraient des machines dociles.

Ils se laissaient aller de merveille en merveille, de surprise en surprise. Il leur suffisait de vivre, d'être là, pour que s'offre le monde entier. Leurs navires, leurs trains, leurs fusées sillonnaient la planète entière. Le monde leur appartenait, avec ses provinces couvertes de blés, ses mers poissonneuses, ses sommets, ses déserts, ses campagnes fleuries, ses plages, ses îles, ses arbres, ses trésors, ses usines immenses, depuis longtemps abandonnées, enfouies sous terre, où se tissaient pour eux les plus beaux lainages, les plus éclatantes soieries.

Ils connaissaient d'innombrables bonheurs. Ils se laissaient emporter au grand galop de chevaux sauvages, à travers de grandes plaines houleuses d'herbes hautes. Ils escaladaient les plus hauts sommets. Ils dévalaient, chaussés de skis, des pentes abruptes semées de sapins gigantesques. Ils nageaient dans des lacs immobiles. Ils marchaient sous la pluie battante, respirant l'odeur des herbes mouillées. Ils s'allongeaient au soleil. Ils découvraient, d'une hauteur, des ballons couverts de fleurs des champs. Ils marchaient dans des forêts sans bornes. Ils s'aimaient dans des chambres pleines d'ombres, de tapis épais, de divans profonds.

Puis ils rêvaient de porcelaines précieuses, à décors d'oiseaux exotiques, de livres reliés de cuir, imprimés en elzévir sur des feuilles de Japon à la cuve, avec de grandes marges blanches non rognées où l'œil se reposait délicieusement, de tables d'acajou, de vêtements de soie ou de lin, souples et confortables, pleins de couleurs, de chambres spacieuses et claires, de brassées de fleurs, de tapis de Boukhara, de dobermans bondissants.

Leurs corps, leurs gestes étaient infiniment beaux, leurs regards sereins, leurs cœurs transparents, leurs sourires limpides.

Et, dans une brève apothéose, ils voyaient se construire des palais gigantesques. Sur des plaines nivelées, des milliers de feux de joie étaient allumés, des millions d'hommes venaient chanter le *Messie*. Sur des terrasses colossales, dix mille cuivres jouaient le *Requiem* de Verdi. Des poèmes étaient gravés sur le flanc des montagnes. Des jardins surgissaient dans les déserts. Des villes entières n'étaient que fresques.

Mais ces images scintillantes, toutes ces images qui arrivaient en foule, qui se précipitaient au-devant d'eux, qui coulaient en un flot saccadé, intarissable, ces images de vertige, de vitesse, de lumière, de triomphe, il leur semblait d'abord qu'elles s'enchaînaient avec une nécessité surprenante, selon une harmonie sans limites, comme si, devant leurs yeux émerveillés, s'étaient dressés tout à coup un paysage achevé, une totalité spectaculaire et triomphale, une complète image du monde, une organisation cohérente qu'ils pouvaient enfin comprendre, déchiffrer. Il leur semblait d'abord que leurs sensations se décuplaient, que s'amplifiaient à l'infini leurs facultés de voir et de sentir, qu'un bonheur merveilleux accompagnait le moindre de leurs gestes, rythmait leurs pas, imprégnait leur vie : le monde allait à eux, ils allaient au-devant du monde, ils n'en finissaient pas de le découvrir. Leur vie était amour et ivresse. Leur passion ne connaissait pas de limites; leur liberté était sans contrainte.

Mais ils étouffaient sous l'amoncellement des détails. Les images s'estompaient, se brouillaient; ils n'en pouvaient retenir que quelques bribes, floues et confuses, fragiles, obsédantes et bêtes, appauvries. Non plus un mouvement d'ensemble, mais des tableaux isolés, non plus une unité sereine, mais une fragmentation crispée, comme si ces images n'avaient jamais été que des reflets très lointains, démesurément obscurcis, des scintillations allusives, illusoires, qui s'évanouissaient à peine nées, des poussières : la dérisoire projection de leurs désirs les plus gauches, un impalpable poudroiement de maigres splendeurs, des lambeaux de rêves qu'ils ne pourraient jamais saisir.

Ils croyaient imaginer le bonheur; ils croyaient que leur invention était libre, magnifique, que, par vagues successives, elle imprégnait l'univers. Ils croyaient qu'il leur suffisait de marcher pour que leur marche soit un bonheur. Mais ils se retrouvaient seuls, immobiles, un peu vides. Une plaine grise et glacée, une steppe aride : nul palais ne se dressait aux portes des déserts, nulle esplanade ne leur servait d'horizon.

115

Et de cette espèce de quête éperdue du bonheur, de ce sentiment merveilleux d'avoir presque, un instant, su l'entrevoir, su le deviner, de ce voyage extraordinaire, de cette immense conquête immobile, de ces horizons découverts, de ces plaisirs pressentis, de tout ce qu'il y avait, peut-être, de possible sous ce rêve imparfait, de cet élan, encore gauche, empêtré, et pourtant déjà chargé, peut-être, à la limite de l'indicible, d'émotions nouvelles, d'exigences neuves, il ne restait rien : ils ouvraient les yeux, ils réentendaient le son de leur voix, le grommellement confus de leur interlocuteur, le murmure ronronnant du moteur du magnétophone; ils voyaient, en face d'eux, à côté d'un râtelier d'armes où s'étageaient les crosses patinées et les canons brillants de graisse de cinq fusils de chasse, le puzzle bariolé du cadastre, au centre duquel ils reconnaissaient, presque sans surprise, le quadrilatère presque achevé de la ferme, le liséré gris de la petite route, les petits points en quinconce des platanes, les traits plus marqués des nationales.

Et plus tard encore, ils étaient eux-mêmes sur cette petite route grise bordée de platanes. Ils étaient ce petit point scintillant sur la longue route noire. Ils étaient un petit îlot de pauvreté sur la grande mer d'abondance. Ils regardaient autour d'eux les grands champs jaunes avec les petites taches rouges des coquelicots. Ils se sentaient écrasés.

DEUXIÈME PARTIE

1

Ils tentèrent de fuir.

On ne peut vivre longtemps dans la frénésie. La tension était trop forte en ce monde qui promettait tant, qui ne donnait rien. Leur impatience était à bout. Ils crurent comprendre, un jour, qu'il leur fallait un refuge.

Leur vie, à Paris, marquait le pas. Ils n'avançaient plus. Et ils s'imaginaient parfois – enchérissant sans cesse l'un sur l'autre avec ce luxe de détails faux qui marquait chacun de leurs rêves – petits-bourgeois de quarante ans, lui, animateur d'un réseau de ventes au porte-à-porte (la Protection familiale, le Savon pour les Aveugles, les Etudiants nécessiteux), elle, bonne ménagère, et leur appartement propret, leur petite voiture, la petite pension de famille où ils passeraient toutes leurs vacances, leur poste de télévision. Ou bien, à l'opposé, et c'était encore pire, vieux bohèmes, cols roulés et pantalons de velours, chaque soir à la même terrasse de Saint-Germain ou de Montparnasse, vivotant d'occasions rares, mesquins jusqu'au bout de leurs ongles noirs.

Ils rêvaient de vivre à la campagne, à l'abri de toute tentation. Leur vie serait frugale et limpide. Ils auraient une maison de pierres blanches, à l'entrée d'un village, de chauds pantalons de velours côtelé, des gros souliers, un anorak, une canne à bout ferré, un chapeau, et ils feraient chaque jour de longues promenades dans les forêts. Puis ils rentreraient, ils se prépareraient du thé et des toasts, comme les Anglais, ils mettraient de grosses bûches dans la cheminée; ils poseraient sur le plateau de l'électrophone un quatuor qu'ils ne se lasseraient jamais d'entendre, ils liraient les grands romans qu'ils n'avaient jamais eu le temps de lire, ils recevraient leurs amis.

Ces échappées champêtres étaient fréquentes, mais elles atteignaient rarement le stade des vrais projets. Deux ou trois fois, il est vrai, ils s'interrogèrent sur les métiers que la campagne pouvait leur offrir : il n'y en avait pas. L'idée de devenir instituteurs les effleura un jour, mais ils s'en dégoûtèrent aussitôt, pensant aux classes surchargées, aux journées harassantes.

Ils parlèrent vaguement de se faire libraires ambulants, ou d'aller fabriquer des
poteries rustiques dans un mas abandonné
de Provence. Puis il leur plut d'imaginer
qu'ils ne vivraient à Paris que trois jours
par semaine, y gagnant de quoi vivre à
l'aise le reste du temps, dans l'Yonne ou
dans le Loiret. Mais ces embryons de
départ n'allaient jamais bien loin. Ils n'en
envisageaient jamais les possibilités ou,
plutôt, les impossibilités, réelles.

Ils rêvaient d'abandonner leur travail, de
tout lâcher, de partir à l'aventure. Ils
rêvaient de repartir à zéro, de tout recom-
mencer sur de nouvelles bases. Ils rêvaient
de rupture et d'adieu.

L'idée, pourtant, faisait son chemin, s'an-
crait lentement en eux. A la mi-septembre
1962, au retour de vacances médiocres
gâchées par la pluie et le manque d'argent,
leur décision semblait prise. Une annonce
parue dans *le Monde*, aux premiers jours
d'octobre, offrait des postes de professeurs
en Tunisie. Ils hésitèrent. Ce n'était pas
l'occasion idéale – ils avaient rêvé des
Indes, des Etats-Unis, du Mexique. Ce
n'était qu'une offre médiocre, terre à terre,
qui ne promettait ni la fortune ni l'aventure. Ils ne se sentaient pas tentés. Mais ils
avaient quelques amis à Tunis, d'anciens
camarades de classe, de faculté, et puis la

chaleur, la Méditerranée toute bleue, la promesse d'une autre vie, d'un vrai départ, d'un autre travail : ils convinrent de s'inscrire. On les accepta.

Les vrais départs se préparent longtemps à l'avance. Celui-ci fut manqué. Il ressemblait à une fuite. Pendant quinze jours, ils coururent de bureaux en bureaux, pour les visites médicales, pour les passeports, pour les visas, pour les billets, pour les bagages. Puis, à quatre jours du départ, ils apprirent que Sylvie, qui avait deux certificats de licence, était nommée au Collège technique de Sfax, à deux cent soixante-dix kilomètres de Tunis, et Jérôme, qui n'était que propédeute, instituteur à Mahares, trente-cinq kilomètres plus loin.

C'était une mauvaise nouvelle. Ils voulurent renoncer. C'est à Tunis, où on les attendait, où un logement avait été retenu pour eux, qu'ils voulaient, qu'ils croyaient aller. Mais il était trop tard. Ils avaient sous-loué leur appartement, retenu leurs places, donné leur soirée d'adieu. Ils s'étaient depuis longtemps préparés à partir. Et puis, Sfax, dont ils connaissaient à peine le nom, c'était le bout du monde, le désert, et il ne leur déplaisait même plus de penser, avec ce goût si fort pour les situations extrêmes, qu'ils allaient être coupés de tout, éloignés de tout, isolés comme ils ne l'avaient jamais été. Ils convinrent cependant qu'un poste d'instituteur était, sinon une déchéance trop forte, du moins une charge trop lourde : Jérôme parvint à résilier son engagement : un seul salaire leur permettrait de vivre jusqu'à ce qu'il trouve, sur place, un travail quelconque.

Ils partirent donc. On les accompagna à la gare, et le 23 octobre au matin, avec quatre malles de livres et un lit de camp, ils embarquaient à Marseille à bord du *Commandant-Crubellier*, à destination de Tunis. La mer était mauvaise et le déjeuner n'était pas bon. Ils furent malades, prirent des cachets et dormirent profondément. Le lendemain, la Tunisie était en vue. Il faisait beau. Ils se sourirent. Ils virent une île dont on leur dit qu'elle s'appelait l'île Plane, puis de grandes plages longues et minces, et, après La Goulette, sur le lac, des envols d'oiseaux migrateurs.

Ils étaient heureux d'être partis. Il leur semblait qu'ils sortaient d'un enfer de métros bondés, de nuits trop courtes, de maux de dents, d'incertitudes. Ils n'y voyaient pas clair. Leur vie n'avait été qu'une espèce de danse incessante sur une corde tendue, qui ne débouchait sur rien : une fringale vide, un désir nu, sans limites et sans appuis. Ils se sentaient épuisés. Ils partaient pour s'enterrer, pour oublier, pour s'apaiser.

Le soleil brillait. Le navire avançait lentement, silencieusement, sur l'étroit chenal. Sur la route toute proche, des gens, debout dans des voitures découvertes, leur faisaient de grands signes. Il y avait dans le ciel des petits nuages blancs arrêtés. Il faisait déjà chaud. Les plaques du bastingage étaient tièdes. Sur le pont, au-dessous d'eux, des matelots empilaient les chaises longues, roulaient les longues toiles goudronnées qui protégeaient les cales. Des queues se formaient aux passerelles de débarquement.

Ils arrivèrent à Sfax le surlendemain, vers 2 heures de l'après-midi, après un voyage de sept heures en chemin de fer. La chaleur était accablante. En face de la gare, minuscule bâtiment blanc et rose, s'allongeait une avenue interminable, grise de poussière, plantée de palmiers laids, bordée d'immeubles neufs. Quelques minutes après l'arrivée du train, après le départ des rares voitures et des vélos, la ville retomba dans un silence total.

Ils laissèrent leurs valises à la consigne. Ils prirent l'avenue, qui s'appelait l'avenue Bourguiba; ils arrivèrent, au bout de trois cents mètres à peu près, devant un restaurant. Un gros ventilateur mural, orientable, bourdonnait irrégulièrement. Sur les tables poisseuses, recouvertes de toile cirée, s'agglutinaient quelques dizaines de mouches qu'un garçon mal rasé chassa d'un coup nonchalant de serviette. Ils mangèrent, pour deux cents francs, une salade au thon et une escalope milanaise.

Puis ils cherchèrent un hôtel, retinrent une chambre, s'y firent porter leurs valises. Ils se lavèrent les mains et le visage, s'étendirent un instant, se changèrent, redescendirent. Sylvie se rendit au Collège technique, Jérôme l'attendit dehors, sur un banc. Vers 4 heures, Sfax commença lentement à se réveiller. Des centaines d'enfants apparurent, puis des femmes voilées, des agents de police vêtus de popeline grise, des mendiants, des charrettes, des ânes, des bourgeois immaculés.

Sylvie sortit, son emploi du temps à la main. Ils se promenèrent encore; ils burent une canette de bière et mangèrent des olives et des amandes salées. Des crieurs de journaux vendaient *le Figaro* de l'avant-veille. Ils étaient arrivés.

Le lendemain, Sylvie fit connaissance avec quelques-uns de ses futurs collègues. Ils les aidèrent à trouver un appartement. C'étaient trois gigantesques pièces, hautes de plafond, complètement nues : un long couloir menait à une petite pièce carrée, où cinq portes ouvraient sur les trois chambres, sur une salle de bains, sur une cuisine immense. Deux balcons donnaient sur un petit port de pêche, la darse A de chenal sud, qui offrait quelque ressemblance avec Saint-Tropez, et sur une lagune aux odeurs fétides. Ils firent leurs premiers pas dans la ville arabe, achetèrent un sommier métallique, un matelas de crin, deux fauteuils de rotin, quatre tabourets de corde, deux tables, une natte épaisse d'alfa jaune, décorée de rares motifs rouges.

Puis Sylvie commença la classe. Jour après jour, ils s'installèrent. Leurs malles, qui avaient voyagé en petite vitesse, arrivèrent. Ils déballèrent les livres, les disques, l'électrophone, les bibelots. Avec de grandes feuilles de papier buvard rouge, gris, vert, ils fabriquèrent des abat-jour. Ils achetèrent de longues planches à peine équarries et des briques à douze trous et couvrirent deux moitiés de murs de rayonnages. Ils collèrent sur tous les murs des dizaines de reproductions et, sur un panneau bien en vue, des photographies de tous leurs amis.

C'était une demeure triste et froide. Les murs trop hauts, recouverts d'une sorte de chaux ocre jaune qui s'en allait par grandes plaques, les sols uniformément dallés de grands carreaux sans couleur, l'espace inutile, tout était trop grand, trop nu, pour qu'ils puissent l'habiter. Il aurait fallu qu'ils soient cinq ou six, quelques bons amis, en train de boire, de manger, de parler. Mais ils étaient seuls, perdus. La salle de séjour, avec le lit de camp recouvert d'un petit matelas et d'une couverture bariolée, avec la natte épaisse où étaient jetés quelques coussins, avec, surtout, les livres – la rangée des *Pléiades*, les séries de revues, les quatre Tisné –, les bibelots, les disques, le grand portulan, *la Fête du Carrousel*, tout ce qui, il n'y avait pas si longtemps, avait été le décor de leur autre vie, tout ce qui, dans cet univers de sable et de pierre, les ramenait vers la rue de Quatrefages, vers l'arbre si longtemps vert, vers les petits jardins, la salle de séjour dispensait encore une certaine chaleur : à plat ventre sur la natte, une minuscule tasse de café à la turque à côté d'eux, ils écoutaient la *Sonate à Kreutzer, l'Archiduc, la Jeune Fille et la Mort*, et c'était comme si la musique, qui, dans cette grande pièce peu meublée, presque une salle, acquérait une résonance étonnante, se mettait à l'habiter et la transformait soudain : c'était un invité, un ami très cher, perdu de vue, retrouvé par hasard, qui partageait leur repas, qui leur parlait de Paris, qui, dans cette soirée fraîche de novembre, dans cette ville étrangère où rien ne leur appartenait, où ils ne se sentaient pas à l'aise, les ramenait en arrière, leur permettait de retrouver une sensation presque oubliée de complicité, de vie commune, comme si, dans un étroit périmètre

– la surface de la natte, les deux séries de rayonnages, l'électrophone, le cercle de lumière découpé par l'abat-jour cylindrique –, parvenait à s'implanter, et à survivre, une zone protégée que ni le temps ni la distance ne pouvaient entamer. Mais tout autour, c'était l'exil, l'inconnu : le long corridor où les pas résonnaient trop fort, la chambre, immense et glaciale, hostile, avec pour seul meuble un lit large trop dur qui sentait la paille, avec sa lampe bancale posée sur une vieille caisse qui faisait office de table de nuit, sa malle d'osier remplie de linge, son tabouret chargé de vêtements en tas; la troisième pièce inutilisée, où ils n'entraient jamais. Puis l'escalier de pierre, la grande entrée perpétuellement menacée par les sables; la rue : trois immeubles de deux étages, un hangar où séchaient des éponges, un terrain vague; la ville alentour.

Ils vécurent sans doute à Sfax les huit mois les plus curieux de toute leur existence.

Sfax, dont le port et la ville européenne avaient été détruits pendant la guerre, se composait d'une trentaine de rues se coupant à angle droit. Les deux principales étaient l'avenue Bourguiba, qui allait de la gare au marché central, près duquel ils habitaient, et l'avenue Hedi-Chaker, qui allait du port à la ville arabe. Leur intersection formait le centre de la ville : là se trouvaient l'hôtel de ville, dont deux salles au rez-de-chaussée contenaient quelques vieilles poteries et une demi-douzaine de mosaïques, la statue et le tombeau de Hedi Chaker, assassiné par la Main Rouge peu de temps avant l'Indépendance, le *Café de Tunis*, fréquenté par les Arabes, et le *Café de la Régence*, fréquenté par les Européens, un petit parterre de fleurs, un kiosque à journaux, un débit de tabac.

On faisait le tour de la ville européenne en un petit peu plus d'un quart d'heure. De l'immeuble qu'ils habitaient, le Collège technique était à trois minutes, le marché à deux, le restaurant où ils prenaient tous leurs repas à cinq, le *Café de la Régence* à six, de même que la banque, que la bibliothèque municipale, que six des sept cinémas de la ville. La poste et la gare, et la station des voitures de louage pour Tunis ou Gabès, étaient à moins de dix minutes et constituaient les limites extrêmes de ce qu'il était suffisant de connaître pour vivre à Sfax.

La ville arabe, fortifiée, vieille et belle, offrait des murailles bises et des portes que, à juste titre, on disait admirables. Ils y pénétraient souvent, et en faisaient le but presque exclusif de toutes leurs promenades, mais parce qu'ils n'étaient justement

129

que des promeneurs, ils y restèrent toujours étrangers. Ils n'en comprenaient pas les mécanismes les plus simples, ils n'y voyaient qu'un dédale de rues; ils admiraient, en levant la tête, un balcon de fer forgé, une poutre peinte, la pure ogive d'une fenêtre, un jeu subtil d'ombres et de lumières, un escalier d'une étroitesse extrême, mais leurs promenades n'avaient pas de but; ils tournaient en rond, craignaient à tout instant de se perdre, se lassaient vite. Rien, finalement, ne les attirait dans cette succession d'échoppes misérables, de magasins presque identiques, de souks confinés, dans cette incompréhensible alternance de rues grouillantes et de rues vides, dans cette foule qu'ils ne voyaient aller nulle part.

Cette sensation d'étrangeté s'accentuait, devenait presque oppressante, lorsque, ayant devant eux des longs après-midi vides, des dimanches désespérants, ils traversaient la ville arabe de part en part, et, au-delà de Bab Djebli, gagnaient les interminables faubourgs de Sfax. Sur des kilomètres, c'étaient des jardins minuscules, des haies de figuiers de Barbarie, des maisons de torchis, des cabanes de tôle et de carton; puis d'immenses lagunes désertes et putrides, et, tout au bout à l'infini, les premiers champs d'oliviers. Ils traînaient des heures entières; ils passaient devant des casernes, traversaient des terrains vagues, des zones bourbeuses.

Et lorsqu'ils entraient de nouveau en ville européenne, lorsqu'ils passaient devant le cinéma Hillal ou devant le cinéma Nour, lorsqu'ils s'attablaient à *la Régence*, frappaient dans leurs mains pour appeler le garçon, demandaient un Coca-Cola ou une canette de bière, achetaient le dernier *Monde*, sifflaient le marchand ambulant éternellement vêtu d'une longue blouse blanche et sale, coiffé d'un calot de toile, pour lui acheter quelques cornets de cacahuètes, d'amandes grillées, de pistaches et de pignons, alors, ils éprouvaient le sentiment mélancolique d'être chez eux.

Ils marchaient à côté des palmiers gris de poussière; ils longeaient les façades néo-mauresques des immeubles de l'avenue Bourguiba; ils jetaient un vague coup d'œil sur les vitrines hideuses : meubles frêles, lampadaires de fer forgé, couvertures chauffantes, cahiers d'écoliers, robes de ville, chaussures pour dames, bouteilles de gaz butane : c'était leur seul monde, leur vrai monde. Ils rentraient en traînant les pieds; Jérôme faisait du café dans des zazouas importées de Tchécoslovaquie; Sylvie corrigeait un paquet de copies.

Jérôme d'abord avait essayé de trouver du travail; il s'était plusieurs fois rendu à

Tunis et grâce à quelques lettres d'intro-
duction qu'il s'était fait donner en France,
et à l'appui de ses amis tunisiens, avait
rencontré quelques fonctionnaires à l'In-
formation, à la Radio, au Tourisme, à l'Edu-
cation nationale. Ce fut peine perdue : les
études de motivation n'existaient pas en
Tunisie, ni les mi-temps, et les rares siné-
cures étaient trop bien tenues; il n'avait
pas de qualification; il n'était ni ingénieur,
ni comptable, ni dessinateur industriel, ni
médecin. On lui offrit, à nouveau, d'être instituteur ou pion; il n'y tenait pas : il aban-
donna très vite tout espoir. Le salaire de
Sylvie leur permettait de vivre petitement :
c'était, à Sfax, le mode de vie le plus répandu.

Sylvie s'épuisait à faire comprendre,
conformément au programme, les beautés
cachées de Malherbe et de Racine à des
élèves plus grands qu'elle qui ne savaient
pas écrire. Jérôme perdait son temps. Il
entreprit divers projets – préparer un exa-
men de sociologie, tenter de mettre en
ordre ses idées sur le cinéma – qu'il ne sut
mener à bien. Il traînait dans les rues,
chaussé de ses Weston, arpentait le port,
errait dans le marché. Il allait au musée,
échangeait quelques mots avec le gardien
de la salle, regardait quelques instants une
vieille amphore, une inscription funéraire,
une mosaïque : Daniel dans la fosse aux
lions, Amphitrite chevauchant un dauphin.

Il allait regarder une partie de tennis sur les courts aménagés au pied des remparts, il traversait la ville arabe, flânait dans les souks, soupesant les étoffes, les cuivres, les selles. Il achetait tous les journaux, faisait les mots croisés, empruntait des livres à la bibliothèque, écrivait à ses amis des lettres un peu tristes qui restaient souvent sans réponse.

L'emploi du temps de Sylvie rythmait leur vie. Leur semaine se composait de jours fastes : le lundi, parce que la matinée était libre, et parce que les programmes des cinémas changeaient, le mercredi, parce que l'après-midi était libre, le vendredi parce que la journée entière était libre et parce que, à nouveau, changeaient les programmes – et de jours néfastes : les autres. Le dimanche était un jour neutre, agréable le matin – ils restaient au lit, les hebdomadaires de Paris arrivaient, long l'après-midi, sinistre le soir, à moins que, par hasard, un film ne les attirât, mais il était rare que deux films notables, ou simplement visibles, soient donnés dans la même demi-semaine. Ainsi passaient les semaines. Elles se succédaient avec une régularité mécanique : quatre semaines faisaient un mois, ou à peu près; les mois se ressemblaient tous. Les jours, après avoir été de plus en plus courts, devinrent de plus en plus longs. L'hiver était humide, presque froid. Leur vie s'écoulait.

2

Leur solitude était totale.

Sfax était une ville opaque. Il leur semblait, certains jours, que nul, jamais, ne saurait y pénétrer. Les portes ne s'ouvriraient jamais. Il y avait des gens dans les rues, le soir, des foules compactes, qui allaient et venaient, un flot presque continu sous les arcades de l'avenue Hedi-Chaker, devant l'*Hôtel Mabrouk*, devant le Centre de propagande du Destour, devant le cinéma Hillal, devant la pâtisserie *les Délices* : des endroits publics presque bondés : cafés, restaurants, cinémas; des visages qui, par instants, pouvaient sembler presque familiers. Mais tout autour, le long du port, le long des remparts, à peine s'éloignait-on, c'était le vide, la mort : l'immense esplanade ensablée devant la cathédrale hideuse, cernée de palmiers nains; le boulevard de Picville, bordé de terrains vagues, de maisons de deux étages; la rue Mangolte, la rue Fezzani, la rue Abd-el-Kader-Zghal, nues et désertes, noires et rectilignes, balayées de sable. Le vent secouait les palmiers rachitiques : troncs renflés d'écailles ligneuses, d'où émergeaient à peine quelques palmes en éventail. Des multitudes de chats se glissaient dans les poubelles. Un chien au pelage jaune passait parfois, rasant les murs, la queue entre les jambes.

Nulle âme qui vive : derrière les portes toujours closes, rien d'autre que des corridors nus, des escaliers de pierre, des cours aveugles. Des suites de rues se coupant à angle droit, des rideaux de fer, des palissades, un monde de fausses places, de fausses rues, d'avenues fantômes. Ils marchaient, silencieux, désorientés, et ils avaient parfois l'impression que tout n'était qu'illusion, que Sfax n'existait pas, ne respirait pas. Ils cherchaient autour d'eux des signes de connivence. Rien ne leur répondait. C'était une sensation presque douloureuse d'isolement. Ils étaient dépossédés de ce monde, ils n'y baignaient pas, ils ne lui appartenaient pas et ne lui appartiendraient jamais. Comme si un ordre très ancien avait été établi, une fois pour toutes, une règle stricte qui les excluait : on les laisserait aller où ils voulaient aller, on ne les inquiéterait pas, on ne leur adresserait pas la parole. Ils resteraient les inconnus, les étrangers. Les Italiens, les Maltais, les Grecs du port les regarderaient passer en silence; les grands oléiculteurs, tout de blanc vêtus, avec leurs lunettes à monture d'or, marchant à pas lents dans la rue du Bey, suivis de leur chaouch, passeraient à côté d'eux sans les voir.

Ils n'avaient avec les collègues de Sylvie que des rapports lointains, et souvent distants. Les enseignants français titulaires semblaient ne pas priser tout à fait les contractuels. Même ceux que cette différence ne gênait pas pardonnèrent plus difficilement à Sylvie de n'être pas bâtie à leur image : ils l'auraient voulue femme de professeur et professeur elle-même, bonne petite-bourgeoise de province, de la dignité, de la tenue, de la culture. L'on représentait la France. Et bien qu'en quelque sorte il y eût encore deux France – celles des professeurs débutants, désireux d'acquérir au plus vite une maisonnette à Angoulême, Béziers ou Tarbes; et celle des insoumis ou réfractaires, qui ne touchaient pas le tiers colonial mais pouvaient se permettre de mépriser les autres (mais c'était une espèce en voie d'extinction : la plupart

136

avaient été graciés; d'autres partaient s'installer en Algérie, en Guinée), aucune des deux ne semblait prête à admettre que l'on pût, au cinéma, s'asseoir au premier rang, à côté de la marmaille indigène, ou traîner comme un feignant, en savates, pas rasé, débraillé, dans les rues. Il y eut quelques échanges de livres, de disques, quelques rares discussions à *la Régence*, et ce fut tout. Nulle invitation chaleureuse, nulle amitié vivace : c'était une chose qui ne poussait pas à Sfax. Les gens se recroquevillaient sur eux-mêmes, dans leurs maisons trop grandes pour eux.

Avec les autres, avec les employés français de la Compagnie Sfax-Gafsa ou des Pétroles, avec les Musulmans, avec les Juifs, avec les Pieds-Noirs, c'était encore pire : les contacts étaient impossibles. Il pouvait leur arriver, pendant une semaine entière, de ne parler à personne.

Il put sembler bientôt que toute vie s'arrêtait en eux. Du temps passait, immobile. Plus rien ne les reliait au monde, sinon les journaux toujours trop vieux dont ils n'étaient même pas sûrs qu'ils ne fussent pas que de pieux mensonges, les souvenirs d'une vie antérieure, les reflets d'un autre monde. Ils avaient toujours vécu à Sfax et ils y vivraient toujours. Ils n'avaient plus de projets, plus d'impatience; ils n'attendaient rien, pas même des vacances toujours trop lointaines, pas même un retour en France.

Ils n'éprouvaient ni joie, ni tristesse, ni même ennui, mais il pouvait leur arriver de se demander s'ils existaient encore, s'ils existaient vraiment : ils ne retiraient de cette question décevante aucune satisfaction particulière, à cette nuance près : il leur semblait parfois, confusément, obscurément, que cette vie était conforme, adéquate, et, paradoxalement, nécessaire : ils étaient au cœur du vide, ils étaient installés dans un no man's land de rues rectilignes, de sable jaune, de lagunes, de palmiers gris, dans un monde qu'ils ne comprenaient pas, qu'ils ne cherchaient pas à comprendre, car jamais, dans leur vie passée, ils ne s'étaient préparés à devoir un jour s'adapter, se transformer, se modeler sur un paysage, un climat, un mode de vie : pas un instant, Sylvie ne ressembla au professeur qu'elle était censée être, et Jérôme, déambulant dans les rues, pouvait donner l'impression qu'il avait emmené sa patrie, ou plutôt son quartier, son ghetto, sa zone, à la semelle de ses souliers anglais; mais la rue Larbi-Zarouk, où ils avaient élu domicile, n'avait même pas la mosquée qui fait la gloire de la rue de Quatrefages, et pour le reste, il n'y avait à Sfax, quelque effort qu'ils fissent parfois pour les imaginer, ni Mac-Mahon, ni *Harry's Bar*, ni *Balzar*, ni Contrescarpe, ni Salle Pleyel, ni *Berges de la Seine une nuit de juin*, mais dans ce vide, à cause de ce vide justement, à cause de cette absence de toute chose, cette vacuité fondamentale, cette zone neutre, cette table rase, il leur semblait qu'ils se purifiaient, qu'ils retrouvaient une simplicité plus grande, une véritable modestie. Et, certes, dans la pauvreté générale de la Tunisie, leur propre misère, leur petite gêne d'individus civilisés habitués aux douches, aux voitures, aux boissons glacées, n'avait plus grand sens.

Sylvie donnait ses cours, interrogeait ses élèves, corrigeait ses copies. Jérôme allait à la bibliothèque municipale, lisait des livres au hasard : Borges, Troyat, Zeraffa. Ils mangeaient dans un petit restaurant, à la même table presque chaque jour : salade de thon, escalope panée, ou brochette, ou sole dorée, fruits. Ils allaient à *la Régence* boire un express accompagné d'un verre d'eau fraîche. Ils lisaient des tas de journaux, ils voyaient des films, ils traînaient dans les rues.

Leur vie était comme une trop longue habitude, comme un ennui presque serein : une vie sans rien.

3

A partir du mois d'avril, ils firent quelques petits voyages. Parfois, quand ils
avaient trois ou quatre journées libres et
n'étaient pas trop à court d'argent, ils
louaient une voiture et partaient vers le
Sud. Ou bien, le samedi, à six heures du
soir, un taxi collectif les emmenait à
Sousse ou à Tunis jusqu'au lundi midi.

Ils tentaient d'échapper à Sfax, à ses rues
mornes, à son vide, et de trouver, dans les
panoramas, dans les horizons, dans les ruines, quelque chose qui les aurait éblouis,
bouleversés, des splendeurs chaleureuses
qui les auraient vengés. Les restes d'un
palais, d'un temple, d'un théâtre, une oasis
verdoyante découverte du haut d'un piton,
une longue plage de sable fin s'étendant en
demi-cercle d'un bout à l'autre de l'horizon
les récompensaient parfois de leur quête.
Mais, le plus souvent, ils ne quittaient Sfax
que pour retrouver, quelques dizaines ou

quelques centaines de kilomètres plus loin, les mêmes rues mornes, les mêmes souks grouillants et incompréhensibles, les mêmes lagunes, les mêmes palmiers laids, la même aridité.

Ils virent Gabès, Tozeur, Nefta, Gafsa et Metlaoui, les ruines de Sbeitla, de Kasserine, de Thélepte : ils traversèrent des villes mortes dont les noms jadis leur avaient semblé enchanteurs : Maharès, Moularès, Matmata, Médénine; ils poussèrent jusqu'à la frontière libyenne.

C'était, sur des kilomètres, une terre pierreuse et grise, inhabitable. Rien ne poussait, sinon de maigres touffes d'herbes presque jaunes, aux tiges acérées. Il leur semblait rouler pendant des heures, au milieu d'un nuage de poussière, le long d'une route que seules d'anciennes ornières, ou des traces à demi effacées de pneus, leur permettaient de distinguer, sans autre horizon que de molles collines grisâtres, sans rien rencontrer, sinon, parfois, une carcasse d'âne, un vieux bidon rouillé, un entassement de pierres à demi éboulé qui avait peut-être été une maison.

Ou bien, le long d'une route jalonnée, mais défoncée par instants et presque dangereuse, ils traversaient des chotts immenses et c'était, de chaque côté, à perte de vue, une croûte blanchâtre qui brillait sous le soleil, suscitant, à l'horizon, des scintillations fugitives qui par instants ressemblaient presque à des mirages, à des vagues déferlant, à des murailles crénelées. Ils arrêtaient leur voiture et faisaient quelques pas. Sous la croûte de sel, des plaques de glaise sèche fendillées, brun clair, s'affaissaient parfois, laissant place à des zones plus sombres de boue compacte, élastique, où le pied s'enfonçait presque.

Des chameaux pelés s'empêtrant dans leurs entraves, arrachant à grands coups de tête les feuilles d'un arbre curieusement tordu, tendant vers la route leur lippe stupide, des chiens galeux, à demi sauvages, courant en rond, des murailles effondrées de pierres sèches, des chèvres aux longs poils noirs, des tentes basses faites de couvertures rapiécées annonçaient les villages et les villes : une longue suite de maisons carrées, sans étages, des façades d'un blanc sale, la tour carrée d'un minaret, le dôme d'un marabout. Ils dépassaient un paysan qui trottinait à côté de son âne, s'arrêtaient devant l'unique hôtel.

Accroupis au pied du mur, trois hommes mangeaient du pain qu'ils mouillaient d'un peu d'huile. Des enfants couraient. Une femme, entièrement drapée dans un voile noir ou violet qui lui recouvrait même les yeux, se glissait parfois d'une maison à l'autre. Les terrasses des deux cafés débordaient largement sur la rue. Un haut-parleur diffusait de la musique arabe : modulations stridentes, cent fois ressassées, reprises en chœur, litanies d'une flûte au son aigre, bruits de crécelle des tambourins et des cithares. Des hommes assis, à l'ombre, buvaient des petits verres de thé, jouaient aux dominos.

Ils longeaient d'énormes citernes et, par un chemin malaisé, gagnaient les ruines : quatre colonnes hautes de sept mètres, qui ne supportaient plus rien, des maisons effondrées dont le plan restait intact, avec l'empreinte carrelée de chaque pièce enfoncée dans le sol, des gradins discontinus, des caves, des rues dallées, des restes d'égouts. Et de prétendus guides leur proposaient des petits poissons d'argent, des pièces patinées, des petites statuettes de terre cuite.

Puis, avant de repartir, ils entraient dans les marchés, dans les souks. Ils se perdaient dans le dédale des galeries, des impasses et des passages. Un barbier rasait en plein air, à côté d'un énorme amoncellement de gargoulettes. Un âne était chargé de deux couffins coniques de corde tressée, remplis de piment en poudre. Dans le souk des orfèvres, dans le souk des étoffes, des marchands, assis en tailleur, pieds nus, sur des piles de couvertures, déroulaient devant eux des tapis de haute laine et des tapis à poils ras, leur offraient des burnous de laine rouge, des haïks de laine et de soie, des selles de cuir brodées d'argent, des plats de cuivre repoussé, des bois ouvrés, des armes, des instruments de musique, des petits bijoux, des châles brodés d'or, des velins décorés de grandes arabesques.

Ils n'achetaient rien. Sans doute, en partie, parce qu'ils ne savaient pas acheter et s'inquiétaient d'avoir à marchander, mais, surtout, parce qu'ils ne se sentaient pas attirés. Aucun de ces objets, pour somptueux qu'ils fussent parfois, ne leur donnait une impression de richesse. Ils passaient, amusés ou indifférents, mais tout ce qu'ils voyaient demeurait étranger, appartenait à un autre monde, ne les concernait pas. Et ils ne rapportaient de ces voyages que des images de vide, de sécheresse : des brousses désolées, des steppes, des lagunes, un monde minéral où rien ne pouvait pousser : le monde de leur propre solitude, de leur propre aridité.

C'est pourtant en Tunisie qu'ils virent, un jour, la maison de leurs rêves, la plus belle des demeures. C'était à Hammamet, chez un couple d'Anglais vieillissants qui partageaient leur temps entre la Tunisie et Florence et pour qui l'hospitalité semblait être devenue le seul moyen de ne pas mourir d'ennui en tête à tête. Il y avait, en même temps que Jérôme et Sylvie, une bonne douzaine d'invités. L'ambiance était futile et souvent même exaspérante; des petits jeux de société, des parties de bridge, de canasta alternaient avec des conversations un peu snobs où des potins pas trop vieux en provenance directe des capitales occidentales donnaient lieu à des commentaires avertis et souvent décisifs (j'aime beaucoup l'homme et ce qu'il fait est très bien...).

Mais la maison était un paradis sur terre. Au centre d'un grand parc qui descendait en pente douce vers une plage de sable fin, une construction ancienne, de style local, assez petite, sans étages, s'était développée d'année en année, était devenue le soleil d'une constellation de pavillons de toutes grandeurs et de tous styles, gloriettes, marabouts, bungalows, entourés de vérandas, disséminés à travers le parc et reliés entre eux par des galeries à claire-voie. Il y avait une salle octogonale, sans autres ouvertures qu'une petite porte et deux étroites meurtrières, aux murs épais entièrement couverts de livres, sombre et fraîche comme un tombeau; il y avait des pièces minuscules, blanchies à la chaux comme des cellules de moines, avec, pour seuls meubles, deux fauteuils sahariens, une table basse; d'autres longues, basses et étroites, tapissées de nattes épaisses, d'autres encore, meublées à l'anglaise, avec des banquettes d'embrasure et des cheminées monumentales flanquées de deux divans se faisant face. Dans les jardins, entre les citronniers, les orangers, les amandiers, serpentaient des allées de marbre blanc que bordaient des fragments de colonnes, des antiques. Il y avait des ruisseaux et des cascades, des grottes de rocaille, des bassins couverts de grands nénuphars blancs entre lesquels filaient parfois les stries argentées des poissons. Des paons se promenaient en liberté, comme dans leurs rêves. Des arcades envahies de roses menaient à des nids de verdure.

Mais, sans doute, il était trop tard. Les trois jours qu'ils passèrent à Hammamet ne secouèrent pas leur torpeur. Il leur sembla que ce luxe, cette aisance, cette profusion de choses offertes, cette évidence immédiate de la beauté ne les concernaient plus. Ils se seraient damnés, jadis, pour les carreaux peints des salles de bains, pour les jets d'eau des jardins, pour la moquette écossaise du grand vestibule, pour les panneaux de chêne de la bibliothèque, pour les faïences, pour les vases, pour les tapis. Ils les saluèrent comme un souvenir; ils n'y étaient pas devenus insensibles, mais ils ne les comprenaient plus; ils manquaient de points de repère. C'est sans doute dans cette Tunisie-là, la Tunisie cosmopolite aux prestigieux vestiges, au climat agréable, à la vie pittoresque et colorée, qu'il leur aurait été le plus facile de s'installer. C'est sans doute cette vie-là qu'ils s'étaient jadis rêvée : mais ils n'étaient devenus que des Sfaxiens, des provinciaux, des exilés.

Monde sans souvenirs, sans mémoire. Du temps passa encore, des jours et des semaines désertiques, qui ne comptaient pas. Ils ne se connaissaient plus d'envie. Monde indifférent. Des trains arrivaient, des navires accostaient au port, débarquaient des machines-outils, des médicaments, des roulements à billes, chargeaient des phosphates, de l'huile. Des camions chargés de paille traversaient la ville, gagnaient le Sud où régnait la disette. Leur vie continuait, identique : des heures de classe, des express à *la Régence*, des vieux films le soir, des journaux, des mots croisés. Ils étaient des somnambules. Ils ne savaient plus ce qu'ils voulaient. Ils étaient dépossédés.

Il leur semblait maintenant que, jadis – et ce jadis chaque jour reculait davantage dans le temps, comme si leur histoire antérieure basculait dans la légende, dans l'irréel ou dans l'informe –, jadis, ils avaient eu au moins la frénésie d'avoir. Cette exigence, souvent, leur avait tenu lieu d'existence. Ils s'étaient sentis tendus en avant, impatients, dévorés de désirs.

Et puis? Qu'avaient-ils fait? Que s'était-il passé?

Quelque chose qui ressemblait à une tragédie tranquille, très douce, s'installait au cœur de leur vie ralentie. Ils étaient perdus dans les décombres d'un très vieux rêve, dans des débris sans forme.

Il ne restait rien. Ils étaient à bout de course, au terme de cette trajectoire ambiguë qui avait été leur vie pendant six ans, au terme de cette quête indécise qui ne les avait menés nulle part, qui ne leur avait rien appris.

EPILOGUE

Tout aurait pu continuer ainsi. Ils auraient pu rester là toute leur vie. Jérôme, à son tour, aurait pris un poste. Ils n'auraient pas manqué d'argent. On aurait bien fini par les nommer à Tunis. Ils se seraient fait de nouveaux amis. Ils auraient acheté une voiture. Ils auraient eu, à La Marsa, à Sidi bou Saïd, à El Manza, une belle villa, un grand jardin.

Mais il ne leur sera pas si facile d'échapper à leur histoire. Le temps, encore une fois, travaillera à leur place. L'année scolaire s'achèvera. La chaleur deviendra délicieuse. Jérôme passera ses journées à la plage et Sylvie, ses cours finis, viendra l'y rejoindre. Ce seront les dernières compositions. Ils sentiront venir les vacances. Ils se languiront de Paris, du printemps sur les berges de la Seine, de leur arbre tout en fleur, des Champs-Elysées, de la place des Vosges. Ils se souviendront, émus, de leur liberté si chérie, de leurs grasses matinées, de leur repas aux chandelles. Et des amis leur enverront des projets de vacances : une grande maison en Touraine, une bonne table, des parties de campagne :

– Et si nous revenions, dira l'un.

– Tout pourrait être comme avant, dira l'autre.

Ils feront leurs bagages. Ils rangeront les livres, les gravures, les photographies des copains, jetteront d'innombrables papiers, donneront autour d'eux leurs meubles, leurs planches mal équarries, leurs briques à douze trous, expédieront leurs malles. Ils compteront les jours, les heures, les minutes.

Pour leurs dernières heures sfaxiennes, ils referont, gravement, leur promenade rituelle. Ils traverseront le marché central, longeront un instant le port, admireront, comme chaque jour, les énormes éponges séchant au soleil, passeront devant la charcuterie italienne, devant l'*Hôtel des Oliviers*, devant la bibliothèque municipale, puis, retournant sur leurs pas par l'avenue Bourguiba, longeront la cathédrale hideuse, bifurqueront devant le collège où, pour la dernière fois, ils salueront, comme chaque jour, M. Michri, le surveillant général, qui fera les cent pas devant l'entrée, emprunteront la rue Victor-Hugo, passeront une dernière fois devant leur restaurant familier, devant l'église grecque. Puis ils entreront en ville arabe par la porte de la Kasbah, prendront la rue Bab-Djedid, puis la rue du Bey, sortiront par la porte Bab-Diwan, gagneront les arcades de l'avenue Hedi-Chaker, longeront le théâtre, les deux cinémas, la banque, boiront un dernier café à *la Régence*, achèteront leurs dernières cigarettes, leurs derniers journaux.

Deux minutes plus tard, ils prendront place dans une 403 de louage prête à partir. Leurs valises, depuis longtemps, seront amarrées sur le toit. Ils serreront contre leur cœur leur argent, leurs billets de bateau et de chemin de fer, leurs tickets d'enregistrement.

La voiture démarrera lentement. A 5 heures et demie du soir, au début de l'été, Sfax sera vraiment une très belle ville. Ses immeubles immaculés scintilleront sous le soleil. Les tours et les murailles crénelées de la ville arabe auront fière allure. Des scouts, tout de rouge et de blanc vêtus, passeront en marchant au pas cadencé. De grands drapeaux, rouges à croissant blanc de Tunisie, verts et rouges d'Algérie, flotteront au vent léger.

Il y aura un bout de mer, toute bleue, de grands chantiers en construction, les interminables faubourgs encombrés d'ânes, d'enfants, de bicyclettes, puis les interminables champs d'oliviers. Puis la route : Sakietes-Zit, El Djem et son amphithéâtre, Msaken, la ville des mauvais larrons, Sousse et son front de mer surpeuplé, Enfidaville et ses immenses oliveraies, Bir bou Rekba et ses cafés, ses fruits, ses poteries, Grombalia, Potinville, avec ses vignes envahissant les collines, Hamman Lif, puis un bout d'autoroute, des faubourgs industriels, des usines de savon, des cimenteries : Tunis.

Ils se baigneront longuement à Carthage, au milieu des ruines, à La Marsa; ils iront jusqu'à Utique, à Kelibia, à Nabeul, où ils achèteront des poteries, à La Goulette où, tard dans la nuit, ils mangeront d'extraordinaires daurades.

Puis un matin, à 6 heures, ils seront au port. Les opérations d'embarquement seront longues et fastidieuses; ils trouveront avec peine une place où, sur le pont, installer leurs chaises longues.

La traversée sera sans histoire. A Marseille, ils boiront un café au lait accompagné de croissants. Ils achèteront *le Monde* de la veille et *Libération*. Dans le train, le bruit des roues rythmera des chants de victoire, l'*Alleluia* du *Messie*, des hymnes triomphaux. Ils compteront les kilomètres; ils s'extasieront devant la campagne française, ses grands champs de blé, ses vertes forêts, ses pacages et ses vallons.

Ils arriveront à 11 heures du soir. Tous leurs amis les attendront. Ils s'extasieront sur leur belle mine; ils seront bronzés comme de grands voyageurs, et coiffés de grands chapeaux de paille tressée. Ils raconteront Sfax, le désert, les ruines magnifiques, la vie pas chère, la mer toute bleue. On les entraînera au *Harry's*. Ils seront ivres tout de suite. Ils seront heureux.

Ils reviendront donc, et ce sera pire. Ils retrouveront la rue de Quatrefages, son si bel arbre, et le petit appartement, si charmant, avec son plafond bas, avec sa fenêtre aux rideaux rouges et sa fenêtre aux rideaux verts, ses bons vieux livres, ses piles de journaux, son lit étroit, sa cuisine minuscule, son désordre.

Ils reverront Paris et ce sera une véritable fête. Ils flâneront le long de la Seine, dans les jardins du Palais-Royal, dans les petites rues de Saint-Germain. Et, chaque nuit, dans les rues illuminées, chaque devanture à nouveau sera une merveilleuse invite. Des étals crouleront sous les victuailles. Ils se presseront dans les cohues des grands magasins. Ils plongeront leurs mains dans les amas de soieries, caresseront les lourds flacons de parfum, effleureront les cravates.

Ils tenteront de vivre comme avant. Ils

renoueront avec les agences d'antan. Mais les charmes seront rompus. A nouveau, ils étoufferont. Ils croiront crever de petitesse, d'exiguïté.

Ils rêveront de fortune. Ils regarderont dans les caniveaux dans l'espoir de trouver un portefeuille gonflé, un billet de banque, une pièce de cent francs, un ticket de métro.

Ils rêveront de s'enfuir à la campagne. Ils rêveront de Sfax.

Ils ne tiendront pas longtemps.

Alors, un jour – n'avaient-ils pas toujours su que ce jour viendrait? –, ils décideront d'en finir, une fois pour toutes, comme les autres. Leurs amis, alertés, leur chercheront du travail. On les recommandera auprès de plusieurs agences. Ils écriront, pleins d'espoir, des *curriculum vitae* soigneusement pesés. La chance – mais ce ne sera pas exactement de la chance – sera pour eux. Leurs états de service recevront, en dépit de leur irrégularité, une attention particulière. On les convoquera. Ils sauront trouver les mots qu'il faudra pour plaire.

Et c'est ainsi qu'après quelques années de vie vagabonde, fatigués de manquer d'argent, fatigués de compter et de s'en vouloir de compter, Jérôme et Sylvie accepteront – peut-être avec gratitude – le double poste responsable, assorti d'une rémunération qui pourra, à la rigueur, passer pour un pont d'or, que leur offrira un magnat de la publicité.

Ils iront à Bordeaux prendre la direction d'une agence. Ils prépareront soigneusement leur départ. Ils arrangeront leur appartement, le feront repeindre, le débarrasseront des amas de livres, des ballots de linge, des masses de vaisselle qui l'avaient toujours encombré, sous lesquels, bien souvent, ils avaient pensé étouffer. Et ils erreront, presque sans s'y reconnaître, dans ce deux-pièces dont ils avaient dit si souvent que tout y était impossible, et d'abord d'y errer. Ils le verront, pour la première fois, tel qu'ils auraient voulu le voir toujours, enfin repeint, étincelant de blancheur, de propreté, sans un seul grain de poussière, sans taches, sans lézardes, sans déchirures, avec son plafond bas, sa cour campagnarde, son arbre admirable devant lequel bientôt, comme jadis eux-mêmes, de futurs acquéreurs viendront s'extasier.

Ils vendront leurs livres aux bouquinistes, leurs frusques aux fripiers. Ils courront les tailleurs, les couturières, les chemisiers. Ils feront leurs malles.

Ce ne sera pas vraiment la fortune. Ils ne seront pas présidents-directeurs généraux. Ils ne brasseront jamais que les millions des autres. On leur en laissera quelques miettes, pour le standing, pour les chemises de soie, pour les gants de pécari fumé. Ils présenteront bien. Ils seront bien logés, bien nourris, bien vêtus. Ils n'auront rien à regretter.

Ils auront leur divan Chesterfield, leurs fauteuils de cuir naturel souples et racés comme des sièges d'automobile italienne, leurs tables rustiques, leurs lutrins, leurs moquettes, leurs tapis de soie, leurs bibliothèques de chêne clair.

Ils auront les pièces immenses et vides, lumineuses, les dégagements spacieux, les murs de verre, les vues imprenables. Ils auront les faïences, les couverts d'argent, les nappes de dentelle, les riches reliures de cuir rouge.

Ils n'auront pas trente ans. Ils auront la vie devant eux.

Ils quitteront Paris un début de mois de septembre. Ils seront presque seuls dans un wagon de première. Presque tout de suite, le train prendra de la vitesse. Le wagon d'aluminium se balancera moelleusement.

Ils partiront. Ils abandonneront tout. Ils fuiront. Rien n'aura su les retenir.

« Te souviens-tu? » dira Jérôme. Et ils évoqueront le temps passé, les jours sombres, leur jeunesse, leurs premières rencontres, les premières enquêtes, l'arbre dans la cour de la rue de Quatrefages, les amis disparus, les repas fraternels. Ils se reverront traversant Paris à la recherche de cigarettes, et s'arrêtant devant les antiquaires. Ils ressusciteront les vieux jours sfaxiens, leur lente mort, leur retour presque triomphal.

« Et maintenant, voilà », dira Sylvie. Et cela leur semblera presque naturel.

Ils se sentiront à l'aise dans leurs vêtements légers. Ils se prélasseront dans le compartiment désert. La campagne française défilera. Ils regarderont en silence les grands champs de blé mûr, les armatures écorchées des pylônes de haute tension. Ils verront des minoteries, des usines presque pimpantes, de grands camps de vacances, des barrages, des petites maisons isolées au milieu de clairières. Des enfants courront sur une route blanche.

Le voyage sera longtemps agréable. Vers midi, ils se dirigeront, d'un pas nonchalant, vers le wagon-restaurant. Ils s'installeront près d'une vitre, en tête à tête. Ils commanderont deux whiskies. Ils se regarderont, une dernière fois, avec un sourire complice. Le linge glacé, les couverts massifs, marqués aux armes des Wagons-Lits, les assiettes épaisses écussonnées sembleront le prélude d'un festin somptueux. Mais le repas qu'on leur servira sera franchement insipide.

Le moyen fait partie de la vérité, aussi bien que le résultat. Il faut que la recherche de la vérité soit elle-même vraie; la recherche vraie, c'est la vérité déployée, dont les membres épars se réunissent dans le résultat.

KARL MARX.

Achevé d'imprimer sur les presses de

BUSSIÈRE

GROUPE CPI

à Saint-Amand-Montrond (Cher)
en septembre 2001

POCKET - 12, avenue d'Italie - 75627 Paris Cedex 13
Tél. : 01-44-16-05-00

— N° d'imp. 15004. —
Dépôt légal : mai 1990.

Imprimé en France